Le jeu du pendu

Aline Kiner

Le jeu du pendu

Liana Levi

ISBN : 978-2-86746-559-8

À mon fils, Thomas
À ceux de mon enfance

Prologue
24 décembre 1944

Il fit si froid, cette nuit-là, que les vieux hêtres se fendirent. Ceux dont les fenêtres donnaient sur la lisière de la forêt les entendirent craquer et gémir, et leurs branches claquer sèchement, comme les pétards d'une fête nocturne, avant de se briser sur le sol gelé.

Un peu avant minuit, malgré le couvre-feu, on avait ouvert en grand le portail de l'église. Les enfants de chœur, vacillant de froid sous leurs surplis brodés, étaient entrés en cortège dans la nef éclairée de bougies, puis les hommes avaient repoussé les vantaux de bois et tiré devant eux de lourdes couvertures de laine. D'autres couvertures occultaient les portes latérales et les fenêtres. Lumières et sons s'étouffaient sur le tissu rêche, procurant à l'assistance une sensation trompeuse d'intimité.

Les bancs étaient pleins, les hommes assis d'un côté de l'allée centrale, les femmes de l'autre. Ils s'étaient peu à peu rapprochés, collés épaule contre épaule. Le sacristain avait bourré de bûches le poêle dès le matin, il en émanait une vague odeur de fumée qui se mêlait à celle de la cire fondue, mais les murs glacials perlaient d'humidité.

Ils se réchauffaient, et se comptaient. C'était une mécanique inconsciente, comme les doigts d'une vieille femme dévidant son chapelet.

Les Caspar étaient revenus. Les Steinlein aussi. Le père, la mère, les trois fils. Les Martin rentrés. Les Stosse… Il manquait l'aîné.

Mathilde était installée au sixième rang, à la première place le long de l'allée. Gagnée par l'engourdissement, elle se redressa légèrement, le dos calé contre le dossier de bois. Sa voisine avait reculé avec ostentation lorsqu'elle s'était assise, mais Mathilde s'était contentée de sourire. Un jour, lorsqu'elle était enfant et pleurait à cause d'une amie perdue, sa mère lui avait simplement dit: « Souviens-toi Mathilde: quand le vent tourne, les girouettes tournent aussi. » À l'époque, elle avait regardé les arbres courber la tête au bout du champ, depuis la fenêtre de cette ferme où elle grandissait, et pensé qu'il n'était pas facile de résister au vent. Mais depuis, elle avait appris.

Tout était allé si vite… Un matin, à la fin du mois d'août, les Allemands avaient disparu du village. En descendant la Grand-Rue pour rejoindre le café, Mathilde avait vu flotter aux fenêtres les premiers drapeaux bleu-blanc-rouge. Puis, les uns après les autres, des garçons qui s'étaient cachés pour échapper à l'enrôlement dans la Wehrmacht étaient réapparus. Mi-décembre, les troupes du maréchal Model avaient repris l'offensive dans les Ardennes belges et au Luxembourg. Le canon tonnait jour et nuit. Mais parmi les familles expulsées au début de l'Occupation, une quinzaine déjà étaient rentrées.

De l'autre côté de l'allée, un jeune homme arborait le brassard des FFI. Mathilde fixa un moment sans pouvoir la reconnaître sa nuque maigre où se collait une mèche de cheveux blonds, puis détourna les yeux pour tenter de capter le regard de Johann. Son mari était assis à l'écart, à l'extrémité d'un banc. Il semblait absorbé dans la contemplation du grand tableau suspendu au fond du chœur, une Madone debout, paumes tendues devant elle, sur un paysage crépusculaire. Mathilde remarqua que Johann se tenait voûté, la tête enfoncée dans les épaules. C'était un homme grand, toujours encombré de lui-même, qui se mouvait comme se meuvent les enfants, penché en avant, les pieds balancés à la va-vite. Il avait aussi, songea la jeune femme, l'odeur des enfants. Douce, sucrée. Une odeur qui lui avait été immédiatement familière, comme lui avaient été familiers le grain de sa peau, la masse chaude et pesante de son corps sur le sien.

Mathilde savait qu'il était venu à contrecœur, parce qu'elle avait insisté. Elle avait hâte que cette messe finisse. Une soupe les attendait sur le feu, qui les réconforterait à leur retour. Puis ils se glisseraient sous l'édredon, dans leur chambre embaumant la cire et la paille, il poserait ses mains sur elle, elle sentirait leur chaleur à travers la chemise de coton, et doucement, très lentement, elle se coulerait sur lui. Le vent pourrait alors souffler, et les girouettes tourner autant qu'elles voulaient !

Debout devant l'autel, le prêtre commença la lecture d'un texte d'Isaïe, annonçant un jour nouveau où se manifesterait la tendresse de Dieu. Il était rentré de Lyon dix jours auparavant, pour célébrer le premier Noël depuis la Libération. Son visage semblait amaigri, mais il souriait. Autour de Mathilde, les femmes l'écoutaient, tête baissée. Elle serra les bras contre son ventre, soudain oppressée par la proximité de ces corps engoncés dans leurs manteaux sombres. Sur le mur chaulé de l'église, les douze tableaux du chemin de croix s'animaient par saccades à la lumière vacillante des chandelles, comme les images d'un vieux film. Une lance levée, des bouches grimaçantes, le visage douloureux d'un christ au front cloué d'épines. Faute, condamnation, souffrance. Est-ce que le prêtre avait seulement conscience de ce qu'était devenue sa paroisse durant son absence ?

Tout à coup, une femme, arrivée sans bruit, se glissa près d'elle, l'obligeant à se pousser. Un courant d'air glacial coula sur la joue de Mathilde. Quelqu'un avait ouvert la porte latérale de l'église. Tandis que le battant se refermait avec un son étouffé, elle se dit qu'un des paroissiens devait être pressé de rentrer au chaud. Depuis la tribune de bois, au-dessus de l'entrée, une flûte modulait un chant de Noël. La messe allait bientôt se terminer. Le prêtre chanterait la bénédiction et les renverrait enfin.

Lorsque les dernières notes de l'orgue résonnèrent, ce fut la bousculade. La femme à côté de Mathilde s'attarda pour ranger son missel, et quand celle-ci put enfin quitter le banc, Johann était parti.

En sortant, la jeune femme baissa les yeux pour regarder où elle posait les pieds. Sous l'éclat de la lune, les marches de l'église luisaient de gel. Elle enfonça le menton dans le col de son manteau, chercha son mari du regard, mais ne le vit pas.

Devant le porche, des familles s'attardaient en bavardant. Dans l'air glacial, les sons vibraient avec la netteté du cristal. Des murmures et des petits rires, un bruit de fête au milieu de la nuit. Mathilde scruta les visages qui se détachaient comme des masques blancs sous les chapeaux et les fichus sombres sans reconnaître Johann.

Puis peu à peu, les groupes se défirent, le calme revint et elle se retrouva seule.

Mathilde erra un moment le long du porche, déconcertée. Il avait dû se passer quelque chose. Jamais Johann ne serait parti sans elle. Elle n'osait pas appeler, le silence était trop profond.

Indécise, elle fit quelques pas dans l'étroit chemin qui longeait le mur nord de la nef, mais le presbytère était plongé dans l'obscurité, volets clos. Puis elle s'aperçut que la porte du cimetière était entrouverte. Johann était peut-être allé se recueillir sur la tombe de ses parents en l'attendant.

Mathilde passa le petit portail. Elle marchait précautionneusement, attentive au bruissement du gravier qui roulait sous ses semelles. Dans la lumière blanche de la lune, les bouquets de roses de Noël déposés sur les dalles de marbre s'ourlaient de paillettes de givre.

La sépulture des Ziegler se trouvait tout en haut du cimetière. L'air rafraîchit soudain, chargé d'une odeur épicée de feuilles mortes. Au-delà du cimetière, la forêt barrait le ciel de sa masse sombre. Il n'y avait plus de gravier, mais de la terre dans cette partie ancienne de l'enclos. Les tombes y étaient de simples rectangles délimités sur le sol par des blocs de calcaire.

Mathilde repéra la statue du Dieu Piteux et le vieux chêne, tout à côté. Elle cherchait la silhouette de Johann, guettant le mouvement des ombres, quand une tache claire au pied de l'arbre attira son attention. Une sorte d'écriteau. Elle s'approcha. Une phrase était tracée en grandes lettres noires sur un carton: *La corde pour les collabos.*

Elle fit encore un pas, le souffle coupé. Quand elle arriva tout près du tronc, elle leva les yeux et vit les chaussettes blanches de Johann, souillées de terre, osciller doucement au-dessus de sa tête.

Elle se souvint de ce que lui racontait sa mère devant le feu, à la veillée : toutes les nuits de Noël, des fleurs éclosent sur les arbres, le temps d'une heure.

Puis elle s'effondra sur le sol glacé.

Vendredi 10 décembre 2004

9 heures

La brume accrochée à la cime des arbres se levait peu à peu. Un rayon de soleil pâle glissa le long des troncs dépouillés. Le père Louis Sugères marchait d'un bon pas depuis une heure au moins sur le sentier qui suivait les contreforts du plateau, à l'arrière de Varange. De sa canne, il battait les fourrés, à droite puis à gauche, aplatissant avec application les broussailles qui entravaient sa progression.

Séparer le bon grain de l'ivraie…

Devant lui, le petit chien disparaissait presque dans le fouillis végétal. Il apercevait par intermittences sa silhouette blanche bondir entre les arbres, fantôme menu et silencieux.

La température était tombée à moins dix degrés durant la nuit. Louis frissonna malgré le gros anorak qu'il avait enfilé par-dessus sa veste de laine. Il avait conscience d'être fatigué, angoissé. Les promenades qu'il faisait chaque matin depuis sa retraite apaisaient généralement le sentiment de lassitude qui l'accablait de plus en plus souvent et qu'il avait fini par accepter comme il acceptait de vieillir. Mais le soir précédent, il avait assisté à une nouvelle réunion à la mairie à propos de la mine. Les villageois étaient inquiets, et il se sentait peu à peu gagné par l'appréhension d'une catastrophe imminente.

Il s'arrêta un moment. La neige n'était pas encore tombée, il faisait trop froid, mais cela ne tarderait plus. Le vent tournait à l'ouest, les nuages se confondaient peu à peu en une couche uniformément blanche. Les premiers flocons feraient du bien. Les gamins sortiraient les luges, on aurait peut-être un vrai Noël.

Louis soupira, frotta ses mains l'une contre l'autre pour les réchauffer, puis se remit en route, plus lentement, balançant sa canne au bout du bras. À droite, à gauche : le frappé du bois sur les branches cassantes s'accordait peu à peu au rythme de son souffle. Marcher était aussi une prière, qu'il pratiquait plus souvent que l'autre, solitaire et agenouillée.

Avec l'âge et la retraite, le vieil homme renouait peu à peu avec les habitudes du paysan qu'il n'avait jamais cessé d'être. Il savait depuis longtemps que les règles enseignées au séminaire étaient peu pertinentes face à la réalité du monde. Sa carrière de prêtre avait commencé dans une aumônerie, durant la guerre d'Algérie. Le jour où il avait embarqué sur le Mansour, à Marseille, il avait à peine vingt ans. L'arrivée dans le port d'Alger restait imprimée dans sa mémoire avec la netteté d'une photographie : la côte, une ligne brillante sur le ciel et l'ombre des collines derrière, puis, comme une apparition, la blancheur de la casbah s'élevant au-dessus de la mer grise.

Là-bas, il avait découvert ce que signifiaient vraiment certains mots : souffrance, haine, peur. Obéissance.

Louis esquissa un sourire, puis donna un grand coup de canne sur une branche qui lui barrait le chemin. Le sentier se resserrait peu à peu, envahi de racines et de broussailles. Séparer le bon grain de l'ivraie… Encore des mots qui n'avaient guère de sens. Au Moyen Âge, les hommes avaient peur de la forêt. Ils la voyaient comme un désert, un lieu d'errance, de folie. Ils l'avaient défrichée, y avaient construit des monastères, repoussant les limites du monde civilisé. Mais Louis n'était pas sûr que la civilisation fût de ce côté-ci de l'horizon. Lui-même avait peu d'ambition. Dégager les anciens chemins, entretenir les sentiers oubliés. Ramener de la lumière dans l'ombre.

Il était parti sans itinéraire précis en tête, mais savait maintenant où il allait. Devant lui, les branches ployaient dans un froissement au passage du chien. Ses paroissiens lui en avaient fait cadeau pour ses soixante-dix ans. Il avait trouvé ça gentil, un peu ridicule aussi. Mais il s'était attaché à l'animal, un jack russell très indépendant, plus chat que chien. Il l'avait appelé Charlie, à cause de Chaplin, parce qu'il avait les yeux cerclés de taches charbonneuses comme le vagabond de Hollywood.

Le sous-bois s'éclaircissait peu à peu. Louis déboucha enfin dans la clairière. C'était un de ces endroits où personne n'allait jamais. Au printemps, le sol était entièrement couvert de mousse, de lierre et de jeunes pousses vert tendre, comme un tapis continu jamais foulé, une forêt de conte de fées ou de début du monde.

Il demeura immobile, cherchant ses repères : les frênes, là-bas, et les hêtres, dont les troncs gîtaient comme s'ils avaient été balayés par un grand vent, le chêne rouge au tronc fendu, la brisure dans la ligne continue d'une butte de terre qui délimitait la clairière à l'est.

Le terrain s'était écroulé d'un coup, en une nuit. Un éboulement avait eu lieu dans la mine, dessous. Les boisages qui soutenaient le plafond des galeries avaient craqué, la terre et la roche s'y étaient engouffrées et le matin, le paysage n'était plus le même. On voyait une dépression où le terrain avait toujours été plat.

L'accident datait d'une dizaine d'années. Heureusement, plus personne ne travaillait dans ce secteur ; il n'y avait eu ni morts, ni blessés.

Louis venait là pour se rassurer. Il connaissait chaque relief de cette vaste cuvette, imperceptible à un promeneur inattentif. Elle dessinait un rond presque parfait, d'une centaine de mètres de diamètre, qui englobait la clairière et tout un pan de forêt. Il laissa son regard glisser au ras du tapis de feuilles, scruter la profondeur des ombres vers l'ouest et le sud, puis remonter le long des troncs les plus proches. Rien n'avait bougé. Dieu merci.

Le prêtre s'attarda un long moment. Au-dessus de sa tête, le chant d'un oiseau résonnait depuis le sommet des arbres, à la fois clair et d'une tessiture complexe, assourdie. L'écho d'une voix pure sous les voûtes d'une église.

Près de lui, le petit chien frémit et se leva en secouant ses flancs au poil ras. Il le vit partir, le nez levé, vers la limite de la clairière, avant de disparaître dans l'ombre. L'animal jappa une fois, une fois encore, brièvement, puis se tut.

Louis se sentait mieux. L'effet apaisant de la forêt agissait enfin. Mais le petit chien aboya de nouveau. Louis tendit l'oreille. Il percevait une intonation bizarre dans son appel. Un étonnement. De la peur ?

Le prêtre traversa la clairière à grands pas dans la direction où avait disparu l'animal. Il le trouva très vite. Le chien s'était glissé sous une clôture de barbelés à laquelle étaient accrochées de grosses bandes de plastique barrées de lignes rouges et blanches. Elles signalaient une crevasse qui s'était ouverte au moment de l'effondrement de la mine.

– Viens là, Charlie, c'est dangereux ! cria Louis.

Le chien tourna la tête vers son maître, mais ne bougea pas. Il levait une patte, comme chaque fois qu'il était en alerte. Louis s'approcha.

La clôture avait été cisaillée, nettement, en deux endroits. Il se pencha pour y regarder de plus près. C'est alors qu'il aperçut la main. Elle sortait d'un fouillis de branchages accumulés dans la crevasse. Elle semblait flotter, gracieuse et diaphane, sur le bois noirci par le gel, comme la main d'une noyée sur une eau tranquille. « Ophélie… » murmura Louis. Puis il sentit monter de la tranchée une odeur de glaise et de pourriture.

10 heures 30

Simon Dreemer s'était placé près de la fenêtre. Il avait étendu ses jambes pour éviter que quelqu'un ne s'asseye en face de lui. Mais peu de monde voyageait à cette heure dans le train pour Metz, et personne n'était entré à part un jeune type à l'air ensommeillé qui s'était calé dans un coin à l'autre bout du compartiment, avait remonté son col sur le bas de son visage et s'était aussitôt endormi.

Dans la sacoche de cuir posée à côté de lui, Simon attrapa son baladeur. Il glissa le casque sur ses oreilles avant de choisir un vieil album de Calvin Russel et laissa aller sa nuque sur l'appuie-tête inconfortable. *Le Républicain Lorrain* acheté à la gare de l'Est avant son départ se trouvait toujours sur ses genoux. Il repoussa le journal, puis se tourna vers la fenêtre, les sourcils froncés.

Il n'avait emporté que son baladeur, un ordinateur portable et une petite valise. Il ne savait pas combien de temps il lui faudrait passer en Lorraine, mais avait décidé de faire comme s'il partait pour un court séjour. Le commissaire Bordes avait refusé d'avancer une date. À son regard, Simon avait compris qu'en le mutant en province, Bordes ne voulait pas seulement le sanctionner, mais aussi le protéger de lui-même.

Simon savait qu'il avait outrepassé ses droits. Mais il était tellement sûr d'avoir raison ! Dès qu'il avait vu la femme, il avait senti quelque chose de faux en elle. Ces yeux où les larmes se figeaient en gelée tremblante, ces mots qui sonnaient à côté de la réalité, comme ceux que prononce un acteur, ou un dormeur qui s'entend parler et sait qu'il rêve…

Fichues intuitions ! Frank, son collègue, avait plaisanté : « Ils t'exilent en Sibérie », mais cela n'avait pas fait sourire Simon.

Le long de la voie de chemin de fer, le paysage s'était fermé. Les coteaux de Champagne qui roulaient doucement vers le ciel avaient disparu. Le train s'enfonçait dans une coulée noire de bosquets, côtoyant par moments une rivière opaque et verte. Dans le casque, le vieux bluesman chantait de sa voix chaude et râpeuse l'histoire d'un homme qui hésite sur la route à prendre.

Simon soupira. Il reprit le journal à côté de lui, et le feuilleta pour retrouver l'article qui avait attiré son attention. Le titre barrait la première page consacrée aux informations régionales: «Manifestation contre l'ennoyage». Il était question d'éboulements dus à la fermeture des mines de fer. Dans tout le bassin sud de la Lorraine, on avait arrêté en 1995 les pompes qui évacuaient les sources souterraines lorsque les gisements étaient encore exploités. Peu à peu, l'eau s'était glissée à travers les failles, les blocs des plafonds, les couches collantes d'argile, infiltrée partout, remplissant les galeries, fragilisant les piliers de soutènement, et provoquant de gigantesques éboulements en surface. Des dizaines de maisons, des quartiers entiers s'étaient effondrés. On parlait maintenant d'arrêter fin 2005 les pompes qui fonctionnaient encore dans le bassin nord, et des gens se battaient pour empêcher ça.

En bas de page, la photo d'une maison lézardée. La crevasse partait au ras du sol, à gauche de la façade, suivait le linteau de porte, filait à travers le crépi vers l'embrasure de la fenêtre du premier étage, dont elle détachait l'encadrement comme l'élément d'un jeu de Lego. Quelqu'un avait tracé sur le mur en grandes lettres: *Ici, toute une vie... brisée.* Le dernier mot figurait en majuscules.

Simon regardait la photo, perplexe. Il n'avait jamais rien lu sur ces phénomènes dans les journaux parisiens. Une région entière s'enfonçait dans le sol et personne n'en parlait. Mais autre chose le troublait. Il y avait ce mot, «ennoyage», il y avait cette photo de la maison en déséquilibre, les gens qui manifestaient dans la rue, et le silence autour. Il s'adossa au siège, la tête basculée en arrière, tentant de fixer l'image qui se formait dans son esprit.

13 heures

Lorsque Simon se présenta au SRPJ de Metz, le commissaire Kowalski sortait de son bureau, son manteau sur le bras.

– Commandant Dreemer ? Vous tombez bien, le salua-t-il en lui tendant la main. Posez votre sac dans un coin, on a une urgence.

Puis, comme si cela expliquait tout :

– Jeanne est déjà là-bas.

Kowalski était un homme impressionnant. Plus de cent vingt kilos de muscle et de graisse. Le torse lourd sur un ventre qui débordait de sa ceinture, les hanches et les cuisses difformes sous le tissu tendu. Mais, curieusement, Simon ne l'aurait pas qualifié d'obèse. Peut-être à cause de son visage. Le nez fin, busqué, les yeux obliques. Un masque énergique sous la chair flasque.

Une voiture stationnait devant la porte. Kowalski présenta Simon à l'homme qui se tenait au volant, un certain lieutenant Tellier. L'autre lui sourit vaguement, puis mit le contact, tandis que Simon s'installait à l'arrière avec Kowalski.

– On a découvert le cadavre d'une jeune femme dans la forêt, à une vingtaine de kilomètres environ au nord de Metz, résuma le commissaire. Le procureur nous a demandé d'intervenir pour l'enquête préliminaire, les gendarmes n'ont pas suffisamment de moyens là-bas.

– Elle est morte comment ?

– Son corps se trouvait au fond d'une crevasse. Il y a pas mal de trous dans le coin, à cause des mines.

– Un accident?

– D'après Jeanne... le lieutenant Modover, ça n'y ressemble pas.

Kowalski esquissa une sorte de moue puis tapa sur l'épaule de Tellier.

– Tu passes d'abord chez la mère de Mauduit. On le récupère. Les congés sont finis pour lui.

– Ça fait un détour, commenta l'autre.

– Je sais, mais il dit qu'il ne peut toujours pas conduire.

Tellier haussa les épaules, tandis que Kowalski se laissait aller sur le siège, les yeux mi-clos. Apparemment, il avait décidé de ne pas en dire plus pour l'instant.

Ils traversèrent Metz. À son arrivée, la gare avait étonné Simon, combinaison déconcertante d'architecture militaire et religieuse, avec un hall immense dont les plafonds s'arquaient comme ceux d'une église, un portail orné de lions et une tour aux allures de forteresse médiévale. Il retrouva dans les rues qu'ils empruntaient cette rythmique imposante en granit gris et grès rose, très différente des façades classiques et du calcaire jaune du centre-ville. Puis ils entrèrent sur l'autoroute.

Dans la voiture, Kowalski et Tellier demeuraient silencieux. Peu à peu, Simon se détendit. Il s'attendait à des questions, tout au moins à être observé. Mais les deux hommes semblaient indifférents. À l'avant, Tellier présentait une nuque sage, col de chemise rayé dépassant sous un pull de laine marine. L'allure vaguement britannique. Même de dos, il respirait la décontraction.

Après une dizaine de kilomètres dans une banlieue où alternaient centres commerciaux et zones pavillonnaires, ils quittèrent l'autoroute pour une départementale qui grimpait le long d'un vallon boisé. Elle déboucha bientôt sur un vaste plateau, filant droit au ras de l'horizon entre des parcelles de champs labourés. La terre, d'un brun chaud, était hérissée de chaumes roussis.

Mauduit les attendait près d'un lotissement, à l'entrée d'un vieux village. C'était un homme fluet, très brun. Il portait des lunettes noires, et lorsqu'il monta à l'avant de la voiture, Simon remarqua que sa peau était tuméfiée sous l'œil droit. Le lieutenant lança un bref salut à la ronde, avant de s'enfermer dans un silence boudeur. Tellier redémarra, avec un petit rire.

Ils traversèrent le hameau, une dizaine de corps de fermes bas aux murs couleur de glaise, puis la route amorça une descente, et le paysage changea de nouveau. La forêt approcha d'un coup, touffue et dense. Une odeur humide de terre et de feuilles envahit l'habitacle.

Simon ne s'attendait pas à ce genre de décor. Il avait imaginé des hauts-fourneaux, de la fumée dans un ciel sale, des voies ferrées et des wagons rouillés. La route se resserra. Elle glissait en lacets le long d'un coteau abrupt. À gauche, des hêtres poussaient leurs racines jusque dans le talus herbeux qui séparait le sous-bois du macadam. À droite, la pente tombait à pic.

La voiture roula un moment au niveau de la cime des arbres. Simon aperçut le lit d'une petite rivière, envahi de broussailles, et plus loin, une large zone déboisée avec quelques bâtiments de tôle et de vieux engins de travaux abandonnés. Kowalski, qu'il croyait endormi, se redressa légèrement sur son siège.

– Un ancien carreau de mine, expliqua le commissaire. Fermé depuis une dizaine d'années. Et la butte, là-bas, c'est le crassier, les résidus de fonte des hauts-fourneaux.

Entre les arbres, Simon entrevit une colline d'un gris poussiéreux qui semblait s'allonger loin vers l'est. Au pied, d'énormes cubes, faits de la même poussière grise et agglomérée que la butte, avaient dégringolé les uns sur les autres. Un décor lunaire, comme les vestiges d'un volcan…

Varange, le village où ils se rendaient, se trouvait quelques kilomètres plus loin au fond d'une combe qui traversait le plateau du nord au sud. La rue principale, étroite et sombre, montait jusqu'à la lisière de la forêt, pour devenir, après les dernières maisons, un chemin de terre. Un agent en uniforme les attendait, assis sur un tronc d'arbre. Il se glissa à l'arrière de la voiture, se collant à Simon qui se rencogna contre la porte.

Tellier conduisait bien, évitant avec adresse les ornières durcies par le gel. Ils parvinrent bientôt à une intersection. Plusieurs voitures étaient garées le long d'un terre-plein. Le policier demanda au lieutenant de s'arrêter. Il fallait continuer à pied.

Les quatre hommes se glissèrent en file indienne dans un étroit sentier. Simon enfouit les mains dans les poches de son manteau. L'air était glacial et le froid traversait les fines semelles de cuir de ses chaussures. Il n'était pas vraiment équipé pour ce genre d'expédition. Devant lui, Kowalski progressait d'un bon pas, malgré sa carrure. Au bout d'une quinzaine de minutes, le groupe déboucha enfin dans une clairière.

C'était comme un tableau, doucement éclairé. Dans une housse de plastique à même le sol était étendu le corps gracile d'une jeune fille. Ses cheveux blonds, où s'accrochaient quelques feuilles, ruisselaient sur son épaule nue, d'un blanc bleuté. Agenouillée à côté d'elle, une femme aux cheveux châtains noués sur la nuque la contemplait, immobile. À quelques pas, un vieillard était assis sur une souche, mains croisées sur les genoux, tête baissée, un petit chien couché sur ses pieds.

Un peu plus loin, comme en coulisses, d'autres silhouettes, vêtues de combinaisons blanches, évoluaient en silence, prenant des photos, effectuant des relevés. Les hommes de la police scientifique avaient presque terminé leur travail.

Une branche craqua, quelqu'un se racla la gorge, et le corps allongé redevint cadavre. La femme aux cheveux châtains se leva pour venir à leur rencontre.

Elle salua le commissaire et Tellier d'un sourire, puis se tourna vers Simon.

– Le commandant Dreemer, annonça protocolairement Kowalski. Il vient de Paris… pour renforcer l'équipe.

Sa légère hésitation n'avait pas échappé à Simon.

– Bienvenue, répondit-elle, en lui tendant la main. Jeanne Modover.

Elle devait avoir une trentaine d'années. Un petit visage lisse, des yeux bleus, ou verts, un peu des deux, un peu trop grands. Plutôt jolie, mais banale quand elle ne souriait pas.

Le lieutenant Modover résuma ce qu'elle avait appris depuis son arrivée. La morte s'appelait Nathalie Caspar. Dix-sept ans. Elle vivait à Varange. Elle avait été découverte aux alentours de neuf heures par Louis Sugères, le curé du village, qui l'avait identifiée lorsque les hommes de la police scientifique l'avaient extraite de la crevasse.

– Le corps était caché assez grossièrement sous des branchages, précisa-t-elle. Il était tourné sur le ventre, coincé à environ un mètre de profondeur. La crevasse paraît large au niveau du sol, mais ensuite elle se rétrécit très vite. On a l'impression que l'assassin l'a poussée le plus profond possible.

– Comment ça ? demanda Kowalski.

– Son dos présente des résidus de terre. Il s'est sans doute servi de ses pieds pour appuyer.

Le commissaire se tourna lentement vers la forme allongée sur la civière.

– Violée ?

Jeanne secoua la tête.

– On ne sait pas encore. Elle n'était pas dévêtue. Ses vêtements sont déchirés au niveau du col et de l'épaule, mais ils se sont peut-être accrochés à une racine dans la crevasse. La peau est écorchée.

– Comment est-elle morte ?

La jeune femme hésita un moment avant de répondre, sourcils froncés.

– Une corde était enroulée à son cou. Une corde de chanvre…

Le visage de Kowalski se crispa.

– Elle a été pendue ?

Jeanne secoua la tête.

– Les traces d'étranglement sont peu profondes. Et puis le chanvre n'était pas seulement noué autour du cou. Il était entortillé tout le long du corps, au niveau de la poitrine, des poignets, des chevilles…

Le commissaire ferma à demi les yeux.

– Comment est-elle morte ? insista-t-il.

Jeanne hésita de nouveau.

– Le légiste dit que la présence de la corde s'apparente à… un simulacre. Que Nathalie Caspar a sans doute été étouffée. Il pense…

Elle baissa la tête, l'air soudain désemparé.

– Il pense qu'on lui a maintenu le visage dans la boue. Longtemps. Comme si on avait voulu la noyer.

16 heures

« Ça ne va pas être facile », se dit Jeanne.

Il y avait ces petits gestes. La façon qu'il avait eue de choisir une autre trajectoire qu'elle dans la clairière pour arriver plus rapidement au sentier. La main qu'il avait levée derrière son dos, alors qu'ils se dirigeaient vers la voiture. Il ne l'avait pas touchée, mais elle se sentait guidée, tel un enfant qui apprend à marcher.

Et puis son regard. Avec le temps, Jeanne avait appris à regarder les gens en face. Elle plongeait ses yeux dans les leurs, s'y ancrait, créant un courant de sympathie sur lequel pouvaient ensuite glisser les mots. Dans les yeux de Dreemer, elle s'était perdue. Ils avaient une couleur inhabituelle, un bleu délavé, presque gris, et semblaient voir de très loin, ou de très profond.

Dreemer était grand, un corps plutôt svelte, mais qui donnait l'impression d'être dense et lourd. Ses cheveux bruns, coupés très court, laissaient à nu un visage carré, à la peau mate. En face de lui, elle avait à nouveau eu ce sentiment, qu'elle pensait appartenir au passé, d'être mal posée dans l'espace.

Avant d'entrer dans la voiture, Jeanne aspira doucement une bouffée d'air, tentant d'y retrouver cette odeur de terre et de champignons trop mûrs qu'elle avait toujours aimée. Mais la température s'était encore rafraîchie au cours de l'heure écoulée. L'air glacé lui piqua le nez, mouillant ses yeux.

Elle aurait préféré être seule, avoir le temps de trouver ses marques. Elle en voulait à Kowalski de lui avoir imposé le nouveau venu. Il la connaissait trop bien, savait qu'elle se montrerait accueillante, diplomate. Il était sans doute moins sûr de Tellier. Sans parler de Mauduit qui ne s'était toujours pas remis de la rixe qui l'avait opposé à un petit voyou la semaine passée.

La réputation de Dreemer l'avait précédé. On le disait individualiste et sûr de lui. Un bon policier, mais qui était allé trop loin une fois de trop. Sa mutation en Lorraine était une sanction, suite à une histoire de harcèlement. Un gamin s'était jeté de la fenêtre de sa chambre, mais Dreemer n'avait pas voulu croire au suicide. Il avait soumis les parents à des interrogatoires répétés, persuadé qu'ils avaient joué un rôle dans la mort de leur fils. La mère avait avalé une forte dose de somnifères. On l'avait sauvée de justesse.

Jeanne conduisait doucement, sensible au cahotement de la voiture sur le chemin défoncé. Kowalski leur avait demandé de rendre visite aux parents de Nathalie. Ils n'avaient pas signalé la disparition de leur fille, ce qui paraissait bizarre. La tête vide, l'esprit ralenti, comme après un sommeil trop profond, elle appréhendait la suite des événements.

Au moment où la voiture quittait le chemin de terre pour retrouver le macadam de la Grand-Rue, elle inspira profondément, puis appuya légèrement sur l'accélérateur. Si elle se souvenait bien, la maison des Caspar se trouvait vers le bas du village, au coin de la fontaine.

À ses côtés, Simon demeurait silencieux. Tout à l'heure, dans la clairière, au moment où les hommes de la police scientifique s'étaient approchés pour refermer la housse sur le cadavre, il avait surpris Jeanne s'agenouillant pour caresser doucement le front de la morte. Un geste furtif. Mais il était sûr de l'avoir vu.

16 heures

Joseph Mayer se trouvait dans la cave lorsqu'il entendit pour la seconde fois de la journée le hululement d'une sirène.

Accroupi au fond du cellier, il tenait à la main un crayon gras. Une trace d'humidité était apparue quelques semaines auparavant sur le mur. Au début, ce n'était pas grand-chose, un affleurement humide, en forme de virgule tremblée. Il ne l'aurait même pas remarquée si la lumière du soupirail ne tombait pas juste dessus. Mais peu à peu, elle s'était élargie, puis étirée vers le haut.

Dimanche, il avait tracé un premier trait de crayon sur le mur, pour voir à quel rythme elle progressait, et depuis, il venait vérifier plusieurs fois par jour. Ça ne plaisait pas à Sarah. Elle ne disait rien, mais il sentait son regard sur lui. Pesant. C'était si difficile de parler avec elle. De lui expliquer les choses.

La sirène le surprit au moment où il s'apprêtait à tracer un nouveau repère sur le mur. Il y en avait quatre déjà, qui s'étageaient comme les degrés d'une échelle depuis le sol de terre battue où s'enfonçaient les fondations. La plainte stridente lui arriva étouffée par les murs de la cave et toute la maison au-dessus, mais elle le déchira aussi sûrement qu'un coup de ciseaux un vêtement vide.

Joseph se laissa tomber à genoux sur le sol froid.

« Alice… Mon Dieu, Alice, comme tu me manques. »

17 heures

Il n'y a pas de bonne manière d'annoncer à des parents la mort de leur enfant. Mais en regardant faire Jeanne, Simon se dit qu'il en existait de plus douces que d'autres.

À l'école de police, on lui avait appris à être rapide et précis. À manifester sa sympathie, tout en gardant de la distance. Il fallait rester efficace, ne pas se laisser submerger par l'émotion. Et toujours se souvenir que les apparentes victimes pouvaient se révéler des bourreaux. Jeanne n'était pas rapide ni, semblait-il, efficace.

La femme qui leur avait ouvert était petite et maigre, ficelée dans un tablier à carreaux bleus et blancs qui remontait sur ses hanches. Tandis que Jeanne se présentait, elle l'avait regardée en plissant les yeux, la tête penchée sur le côté, comme un moineau devant une miette de pain. Puis elle les avait conduits dans la cuisine où se trouvait son mari. Ils avaient pris place autour de la table, et Jeanne avait commencé à raconter la mort de Nathalie. Une première fois, puis une autre, et encore une autre.

Hésitant, répétant les mêmes phrases, les nuançant, les complétant, les reprenant à nouveau. Diluant peu à peu l'indicible dans une litanie de mots.

– Je lui avais dit des dizaines de fois, geignait la mère effondrée sur sa chaise. Fais attention. Elle est si… Elle était si jolie. Elle aimait plaire. Elle ne pensait pas à mal. C'est de son âge. On n'a pas été élevées comme ça, nous. Mais les filles d'aujourd'hui… Elle avait presque dix-huit ans. Je ne pouvais pas l'empêcher de sortir.

Assis à l'autre bout de la table, le père se taisait, le regard vide. Mais ce regard-là, se dit Simon, il l'avait déjà en les accueillant tout à l'heure, avant même d'avoir appris la nouvelle.

Simon sortit un calepin de sa poche, tout en jetant un coup d'œil à Jeanne. Il ne savait pas très bien s'il devait intervenir ou se contenter pour l'instant de jouer les observateurs. Sa position était inconfortable. Il avait l'habitude de mener ses propres enquêtes. Mais la jeune femme intercepta son regard et, d'un signe du menton, lui offrit de prendre le relais.

Il se tourna vers le père de Nathalie.

– Monsieur Caspar, pouvez-vous nous dire quand vous avez vu Nathalie pour la dernière fois ?

L'homme leva la tête, mais c'est sa femme qui répondit.

– Hier après-midi. Elle est rentrée du lycée vers seize heures trente. Elle finit tôt le jeudi. Elle a dit qu'elle devait voir une amie… Elle n'avait pas beaucoup de devoirs pour le lendemain, alors je l'ai laissée sortir.

– Et…

– C'est tout.

– Comment ça ?

– C'est la dernière fois qu'on l'a vue.

Simon marqua un temps d'arrêt, puis déplaça sa chaise pour faire face à son interlocutrice.

– Avait-elle prévu de dormir chez son amie, ou ailleurs ?

– C'est-à-dire… Je ne sais pas.

– Je ne comprends pas. Elle n'est pas rentrée, mais elle ne vous a pas avertis qu'elle passerait la nuit dehors ?

La femme opina de la tête, cherchant à capter le regard de Jeanne.

– Donc elle ne rentre pas à la maison pour le dîner, poursuivit Simon.

– C'est ça, murmura la mère de Nathalie.

– Ni à l'heure du coucher…

– Oui, c'est ça.

– Et vous ne vous êtes pas inquiétés ?

Elle détourna les yeux, sans répondre.

– Votre fille de dix-sept ans ne rentre pas à la nuit tombée, et vous ne vous inquiétez pas ?

Simon sentit la colère vibrer dans sa voix. Il fallait qu'il se reprenne. Mais en face de lui, la femme réagissait enfin.

– Ce n'était pas une gamine facile, je vous l'ai dit. Elle avait son caractère. C'était pas la première fois qu'elle découchait. J'allais pas appeler ses copines une à une pour que tout le village soit au courant. On a assez d'ennuis comme ça… Mon mari… Mon mari a aussi ses problèmes… On fait ce qu'on peut.

Plus tard, Simon se rendrait compte qu'il n'avait même pas demandé de quels ennuis il s'agissait. Il avait toujours manqué de patience, mais cela commençait à lui jouer des tours dans son travail.

Il n'y avait plus grand-chose à tirer des parents de Nathalie. Après un moment de révolte, la mère s'était effondrée, le visage caché dans les mains. Le père regardait par la fenêtre en silence, les yeux rougis. Ils commençaient seulement à comprendre ce que signifiait la mort de leur fille.

Jeanne les interrogea sur les amies les plus proches de Nathalie, nota leurs noms et leurs coordonnées, puis appela Tellier pour lui transmettre les informations. Ils demandèrent ensuite à voir sa chambre. La mère les guida jusqu'à une porte, en haut d'escaliers sombres où stagnaient des relents écœurants de poireau bouilli, puis redescendit à la cuisine.

La pièce, banale, ne révélait pas grand-chose de la personnalité de l'adolescente. Tapisserie à gros médaillons enguirlandés de roses, canevas représentant des ibis accroché dans un cadre doré au-dessus du lit, meubles fonctionnels en pin clair. Peu de livres, essentiellement scolaires. Pas de chaîne, ni de CD. Sur la commode, à côté du lit, une photo montrait Nathalie accroupie dans un champ, près d'un gros chien dont elle entourait le cou de ses bras. Elle était jolie. Ses cheveux blonds, très fins, tombaient des deux côtés de son visage comme un voile diaphane traversé par les rayons du soleil. Elle souriait en regardant droit vers l'objectif. Simon la trouva émouvante. Mais il savait que les photos peuvent mentir.

Par précaution, ils enfilèrent chacun une paire de gants. Jeanne ouvrit les portes de l'armoire. Simon entendit les cintres cliqueter les uns contre les autres, tandis qu'il inspectait les tiroirs de la commode. Là aussi tout était bien rangé : sous-vêtements, chemisiers, pulls, foulards et bonnets d'hiver. La garde-robe était fournie, à la dernière mode.

– Regardez !

Le lieutenant Modover tendait vers lui un petit flacon de verre.

– Je l'ai trouvé dans le fond de l'armoire, sous un pull.

– Qu'est-ce que c'est?

– Du parfum, le renseigna-t-elle en lui passant l'objet.

Simon fit rouler dans sa main le vaporisateur au capuchon de métal doré. Une odeur fleurie et vanillée s'en échappait.

– Pourquoi l'a-t-elle caché? demanda-t-il. Je ne pense pas que ses parents lui interdisaient ce genre de coquetterie.

– C'est un produit de marque, très cher, remarqua Jeanne, les sourcils froncés. Les filles de cet âge achètent plutôt du parfum bon marché.

– Un cadeau? suggéra Simon. D'un garçon plus vieux qu'elle?

– Peut-être. Le mieux serait de l'emporter et de vérifier s'il porte des empreintes. Je vais en parler à sa mère.

Jeanne sortit une poche de plastique de son sac pour y glisser le flacon.

Ils continuèrent à retourner les vêtements, soulevèrent le couvre-lit, puis le matelas. Mais Nathalie ne semblait dissimuler aucun autre secret.

Ils travaillaient côte à côte en silence, trouvant naturellement un rythme commun dans ces gestes de routine. Soudain la sonnette retentit au rez-de-chaussée. On entendit un claquement de porte, des cris. Sans se concerter, Jeanne et Simon descendirent doucement l'escalier. Debout au milieu de la cuisine se dressait un homme d'une carrure impressionnante. De dos, il écartait les bras à la manière d'un prédicateur, ou d'un crucifié. Ce n'est qu'en entrant dans la pièce qu'ils découvrirent son visage. Ils virent alors qu'il était vieux, et qu'il pleurait.

Samedi 11 décembre

9 heures

D'un coup de ciseaux hésitant, Armand Keller découpa l'article qui figurait en première page du journal. Ses yeux le trahissaient et malgré les lunettes, sa vision se brouillait de plus en plus fréquemment. Un jour, il serait aveugle. Mais bien des choses pouvaient arriver d'ici là. Pour l'instant, il y voyait suffisamment pour accomplir sa tâche.

Le vieil homme avait disposé sa table de travail dans une petite pièce logée sous le toit. Plutôt un passage, à dire vrai, ouvert d'un côté sur les escaliers qui menaient au rez-de-chaussée, de l'autre sur un grenier où s'entassaient de vieux meubles inutilisés et des cartons enfermant les anciens cahiers de classe de ses filles. Il aurait pu s'installer plus confortablement dans une des chambres du bas, mais il aimait ce lieu sombre, isolé du bruit de la maison, sentir les piles poussiéreuses de livres et de dossiers s'entasser autour de lui comme les parois d'une tanière.

Il lui fallait sa loupe. Lentement, il la déplaça sur le gros titre : « Une jeune fille assassinée à Varange », puis sur les premières lignes de l'article. On n'apprenait pas grand-chose. Le corps de Nathalie Caspar avait été retrouvé dans une crevasse, près de la zone forestière du Puits-Renard. Les causes de la mort n'étaient pas encore connues. La police poursuivait l'enquête.

Sur l'étagère à côté de lui était rangée une série de dossiers dont chaque tranche portait un titre tracé au feutre noir : *Révolution française, Traité de Francfort, 14-18, Exilés, Résistants, Célébrités…*

L'intérêt d'Armand pour les archives datait de la fin de la guerre. En 1943, il avait été déporté dans le camp de concentration de Struthof, puis de Dora, pour avoir aidé des prisonniers évadés à passer en France. Dès le début de l'Occupation, les Allemands avaient rétabli l'ancienne frontière de 1870 qui englobait l'Alsace et le nord de la Lorraine. Varange se situait juste au bord de la démarcation, du mauvais côté.

Lorsqu'il était rentré de Bavière, en 45, Armand n'avait pas reconnu son village. Plus personne ne parlait. Comme si le sol, sous le hameau, s'était lézardé et qu'un mot risquait de le faire basculer dans le vide. Les parcours des uns et des autres étaient inconciliables.

Beaucoup avaient dû partir. En août 1942, soixante personnes, presque la moitié du bourg, avaient été expulsées vers la zone sud, à Lyon puis en Isère, dénoncées comme hostiles par le nouveau maire nazi de Varange, un garçon du pays avec lequel Armand était allé à l'école. On leur avait donné deux heures pour plier bagage. Trois jours plus tard, des douaniers et des soldats du Reich venaient s'installer chez eux. En 43, quarante personnes supplémentaires étaient déportées dans des camps de travail parce qu'elles avaient refusé de prendre la nationalité allemande. Des familles entières, des bébés et des vieillards, entassés dans des trains pour la Silésie. Sans compter les jeunes gens enrôlés dans l'armée allemande, prêts à être envoyés sur le front russe.

Après la Libération, les trains avaient commencé à les ramener, les uns après les autres. Certains ne possédaient plus que les vêtements qu'ils portaient sur le dos. Ils avaient retrouvé leurs maisons vandalisées, vidées de leur linge, de leurs meubles.

Le pire avait alors commencé. Les soupçons et les règlements de comptes. On avait tondu une femme, des gamins l'avaient barbouillée de croix gammées et promenée dans les rues, une corde autour du cou, devant son fils de sept ans. La nuit de Noël, un homme avait été pendu au grand chêne du cimetière.

Armand avait posé des questions. Mais personne ne voulait lui répondre. Un matin, très tôt, il était sorti de sa chambre, avait chaussé ses vieilles bottes, puis remonté la Grand-Rue, contemplant les maisons les unes après les autres. De petites maisons étroites, construites pignon contre pignon. Des maisons modestes de charbonniers et de forestiers dont les portes ouvraient au ras de la rue. Pas de macadam à l'époque, mais un simple chemin de terre, partagé par une rigole. Pas de départementale non plus pour se rendre à la ville voisine. Le village était un cul-de-sac, avec la forêt tout autour.

C'était le printemps, il flottait dans l'air une odeur de purin. À l'arrière des habitations, les potagers, qui montaient en pente douce jusqu'à la lisière des bois, avaient été bêchés et les premières pousses de salades griffaient de vert tendre la terre alourdie de fumier.

Sur chaque façade, Armand avait mis un nom : Stosse, Léger, Caspar, Steinlein, Rousselet, Martin, Steiff, Bergen, Herberth... De vieilles familles françaises installées là depuis des siècles, d'autres venues d'Allemagne après 1870. Ils avaient vécu côte à côte, s'étaient mariés. Les patronymes et les patois s'étaient mêlés, avaient glissé d'un pas de porte à l'autre. Les enfants jouaient au foot ensemble, et parmi les anciens qui se rassemblaient devant le monument aux morts, le 11 novembre, tous n'avaient pas revêtu le même uniforme pendant la Grande Guerre.

En apparence, rien n'avait changé. Dans la niche aménagée au-dessus de la fontaine, la statue de Jeanne d'Arc que les Allemands avaient descellée et jetée aux ordures était réapparue, à peine éraflée. Mais Armand savait que sous les maisons collées les unes aux autres, des failles s'étaient ouvertes, au tracé complexe et insoupçonnable.

Il avait commencé à établir des listes. Les « exilés », les « déportés », les « résistants tués par l'ennemi », les « malgré-nous », les « disparus ». Il collectait des fragments. Lorsque deux d'entre eux s'assemblaient, telles les pièces d'un puzzle au motif indéfini, il sentait le sol s'affermir un temps sous ses pieds.

Des années durant, Armand avait poursuivi ce travail solitaire, reconstituant l'histoire de chaque famille – en commençant par la sienne –, puis l'histoire du village. Il était allé partout, aux archives de Metz et de Nancy, au château de Vincennes, près de Paris. Il avait recopié des pages entières de ces vieux registres paroissiaux où le curé ne se contentait pas d'enregistrer les naissances et les mariages, mais commentait, d'une plume penchée : « Cet hiver, il a fait si froid que les arbres se sont fendus. »

À une époque, il imagina écrire un livre, des annales détaillées du village depuis ses origines. Avec quelques amis, il avait fondé une société historique. Mais le temps s'était écoulé, il avait quatre-vingt-six ans, ses compagnons étaient morts. Et sa vue déclinait.

Armand Keller attrapa sur l'étagère un classeur intitulé : *Faits notables et criminels.* Il y colla soigneusement l'article qu'il venait de découper, ajoutant d'une minuscule écriture la date du jour. Puis il feuilleta l'album, où des extraits jaunis du journal régional racontaient les vicissitudes des années passées : un petit garçon renversé sur la départementale, un accident à la mine – trois hommes tués dans l'effondrement d'une galerie –, un début d'incendie dans l'école communale. Et puis cette histoire. Bien sûr… Cela s'était passé onze ans auparavant. En regardant la photo qui illustrait l'article – un pan de forêt dont les détails paraissaient encore plus flous sous la loupe –, Armand se souvint. Et comprit pourquoi, depuis qu'il avait appris la mort de Nathalie Caspar, quelque chose le tourmentait.

16 heures

La réunion avait été reportée plusieurs fois. Kowalski attendait les premières conclusions du légiste. Il les avait finalement reçues dans l'après-midi, mais manifestement, celles-ci ne le satisfaisaient pas.

Debout devant la fenêtre, le commissaire regardait la rue sans se décider à commencer.

Simon s'appuya contre le mur, les yeux fermés. S'il ne se passait pas quelque chose très vite, il allait finir par s'endormir.

La veille, Jeanne et lui avaient assisté à une scène pénible, chez les Caspar. À leur entrée dans la cuisine, le vieil homme en larmes s'était effondré sur une chaise. Il lui avait fallu plusieurs minutes pour reprendre son souffle, puis son regard s'était arrêté sur Jeanne.

– Ils racontent que Nathalie est morte. C'est vrai?

La jeune femme s'était assise à côté du vieillard.

– Vous êtes le grand-père de Nathalie, n'est-ce pas? Monsieur Caspar?

Il avait hoché la tête, l'air perdu.

– Que vous a raconté votre fils?

– Mon fils? rien! Lucien ne dit jamais rien, cet imbécile.

La colère secouait son grand corps.

– C'est elle, avait-il craché en désignant sa belle-fille du menton. Elle dit qu'on a retrouvé Nathalie dans la forêt. Que la police est là. Qu'est-ce qui s'est passé?

– Il faut nous laisser un peu de temps… Il est trop tôt pour répondre.

– On lui a fait du mal?

Jeanne avait hésité un instant, puis répété, d'une voix douce:

– Il faut nous laisser un peu de temps.

– Pourquoi elle était toute seule dans la forêt? explosa le vieil homme. Hein, Lucien, pourquoi?

Recroquevillé sur sa chaise, Lucien Caspar n'avait pas levé les yeux.

– Tu n'es pas capable de t'occuper de ta fille? Même ça, tu ne sais pas faire?

Le vieux Caspar s'était levé brutalement et jeté sur son fils. Simon avait dû le ceinturer pour l'empêcher de le frapper.

Durant le retour au commissariat, Jeanne n'avait fait aucun commentaire. Elle avait posé quelques questions polies à Dreemer à propos de son installation dans la région, auxquelles il avait répondu brièvement. Puis elle était demeurée silencieuse.

Ce soir, dans le bureau de Kowalski, la jeune femme paraissait absente. Sous les néons, Simon trouva son petit visage moins joli que la veille dans la forêt. Un nez un peu court, des lèvres trop fines, quelque chose d'hésitant, d'inachevé. Comme une figurine de glaise façonnée par des mains sans vigueur. Ses yeux étaient sombres, plus verts que bleus, et cernés.

Elle s'était assise dans un vieux fauteuil de cuir à côté de la porte. À l'autre bout de la pièce, Tellier avait calé ses fesses sur la table de réunion, et Mauduit, lunettes noires sur les yeux, déambulait avec des gestes nerveux.

Simon se massa la nuque. La nuit avait été difficile. Après avoir récupéré sa valise au retour de Varange, il avait réservé une chambre dans l'hôtel le plus proche, le temps de trouver un studio meublé. La pièce était correcte, mais bruyante et surchauffée. Il s'était endormi au petit matin après s'être tourné et retourné, puis réveillé en nage sur les images d'un cauchemar. Toujours le même. Les yeux vides de Jérémie, écarquillés face au ciel, comme ce matin où il l'avait découvert sur le trottoir, et la flaque de sang qui s'élargissait autour de sa tête, s'élargissait sans cesse et dégouttait dans le caniveau.

Kowalski se racla la gorge, et se retourna enfin. Son visage était fermé.

– Bon, je résume. Selon les premières constatations de Schwartz, le médecin légiste, la jeune fille serait morte étouffée jeudi soir. Entre dix-huit et vingt heures. Difficile d'être plus précis, à cause du froid. Avant de mourir, elle aurait absorbé de l'alcool, et une forte dose de Zolpidem. Un somnifère banal, pas dangereux, mais très efficace. Vous en avalez un et vous vous endormez sans vous en rendre compte une demi-heure plus tard. Circuits coupés.

Kowalski avait l'air de savoir de quoi il parlait.

– Elle a donc été droguée, souligna Mauduit.

– Apparemment, grogna Kowalski. Bon. On va reprendre toutes les informations qu'on a recueillies jusque-là et voir si ça nous mène quelque part. Tellier…

Le lieutenant commença son rapport, d'un phrasé lent et tranquille, comme s'il bavardait avec des amis le soir, autour d'un verre. Simon était sensible au rythme des voix. Celle-là, malgré l'allure sagement britannique de Tellier, avait quelque chose d'africain.

– J'ai interrogé les copines de Nathalie. Je n'ai pas appris grand-chose. Elle est revenue du lycée avec le bus scolaire. Arrivée en bas du village vers seize heures trente-cinq, elle est remontée tout de suite chez elle, sans attendre les autres ni bavarder. Elle semblait pressée. Mais une des filles m'a dit qu'il faisait très froid avant-hier soir et que personne n'avait envie de traîner…

– Et l'amie chez qui elle était censée passer la nuit? coupa Kowalski.

– Julie? Elle m'a confirmé que Nathalie dormait parfois chez elle…

Tellier sourit.

– … quand, je cite la gamine, «ses vieux la faisaient trop chier». À ce que j'ai compris, l'ambiance serait pesante chez les Caspar. Quoi qu'il en soit, rien n'était prévu pour cette nuit-là. En fait, Julie et Nathalie étaient brouillées depuis quelques semaines. Selon Julie, Nathalie « se la jouait trop »…

– Ce qui veut dire ?

– Apparemment la petite se prenait pour une femme fatale ces derniers temps.

– Un garçon ?

– Ou un homme plus âgé… Je ne sais pas trop. En tout cas, Nathalie faisait des mystères.

– Julie savait-elle quelque chose à propos d'un rendez-vous dans la forêt ?

– Dans le coin, les amoureux se rencontrent plutôt au bord du petit ruisseau, derrière la place. Julie semblait étonnée. D'après elle, Nathalie n'avait pas l'habitude de se promener dans les bois.

– Quelqu'un l'a vue prendre le chemin de la forêt ?

– Personne. On a fait du porte-à-porte, le long de la rue principale. À croire qu'ils avaient tous fermé leurs volets.

– Il existe toutes sortes de façons de fermer ses volets, commenta Kowalski.

La commissaire s'éloigna de la fenêtre, contourna le bureau et se laissa tomber lourdement sur sa chaise.

– Passons à la famille… Jeanne, Simon ?

Simon attendit que la jeune femme prenne la parole. Mais elle se contenta de lui jeter un coup d'œil.

– La mère n'a pas l'air très futée, le père est complètement absent, commença-t-il. La gamine leur menait la vie dure et n'en faisait qu'à sa tête. Le lieutenant Modover a trouvé un parfum de luxe caché dans l'armoire. Ce serait cohérent avec l'idée que Nathalie fréquentait un homme plus vieux qu'elle… Nous l'avons confié à la police scientifique mais ils n'ont trouvé que les empreintes de la gamine.

– Quelqu'un qui aurait eu les moyens de lui offrir ce cadeau ? Pourquoi pas…

Kowalski examina un instant l'hypothèse avant de reprendre :

– Les parents pourraient avoir joué un rôle dans le meurtre ? Le père ? La mère ?

À la question de son supérieur, Simon sentit la tension monter dans la pièce. Tout le monde devait connaître la raison pour laquelle on l'avait envoyé en Lorraine. Il se demanda si Kowalski le testait.

– Je ne sais pas. J'ai l'impression qu'ils n'ont pas tout dit. La femme a indiqué que son mari avait des ennuis. Il faudra se renseigner.

– Tellier va s'en occuper, trancha Kowalski. Jeanne, autre chose ?

La jeune femme mit un moment à répondre.

– Non… Ou peut-être le grand-père. Il semble en conflit avec son fils.

Kowalski soupira.

– OK. Des indices, des traces de pas ? Mauduit ?

Le petit brun projeta le torse en avant. Il parlait avec un timbre pincé, aigu. De façon incongrue, il rappela à Simon l'une de ses anciennes maîtresses. Besoin de reconnaissance. Fragilité. Quand elle prenait cette voix-là, c'est qu'elle avait peur – elle semblait toujours sur ses gardes avec lui.

– Les hommes n'ont rien trouvé pour l'instant. Le sol était très dur à cause du froid. Beaucoup de feuilles. Mais ils continuent de fouiller les chemins alentour. On finira bien par découvrir quelque chose. Ça paraît difficile de marcher dans une forêt sans laisser la moindre empreinte.

– Des traces de pneus ?

– Non, à part celles des engins forestiers, qui datent d'avant le gel. C'est d'ailleurs assez bizarre. Personne ne l'a vue passer à pied dans le village, mais aucune voiture ne semble être allée vers les bois.

– Il existe plein d'autres accès…

Kowalski se redressa légèrement sur son siège, se tournant vers Jeanne qui venait d'intervenir.

– Comment ?

– Il existe plein d'autres accès à la forêt…

Elle hésitait.

– Je veux dire… en dehors du chemin que nous avons pris en voiture. La plupart des maisons de la Grand-Rue possèdent un jardin, à l'arrière, qui monte jusqu'à la lisière. Nathalie a très bien pu gagner les bois par là sans que personne l'aperçoive. Et l'assassin a pu faire pareil de son côté. Ils s'étaient peut-être donné rendez-vous à un endroit précis. Pas de traces de roues, et s'il est malin, on ne trouvera pas de traces de pas non plus.

– Que veux-tu dire ? demanda Kowalski.

– C'est un jeu d'enfant. Enfin… qu'on apprend enfant, quand on vit par ici. Se déplacer sans laisser d'empreintes. On compose deux équipes, l'une part avec une demi-heure d'avance, l'autre doit la retrouver. On évite les coins humides, on marche sur les feuilles. Parfois même on enlève ses chaussures…

Son visage s'animait pour la première fois depuis le début de la réunion.

– Autre chose ?

– Je ne sais pas…

– Quoi d'autre ? insista Kowalski.

Il ressemblait à une accoucheuse devant une parturiente rétive. Une accoucheuse énorme, solide, et patiente.

– Je ne sais pas, répéta Jeanne. Il faut que je vérifie une information aux archives.

Kowalski s'agita sur son fauteuil.

– Ce meurtre est étrange. Je ne comprends pas… Pourquoi l'assassin s'est-il compliqué la vie comme ça ? Il endort la gamine, puis choisit de la tuer en l'étouffant dans une crevasse. C'est quand même aléatoire. Sans compter qu'il fallait la convaincre de venir jusque-là. Le coin est à l'écart des chemins fréquentés.

– Ils ont pu se rencontrer par hasard, suggéra Mauduit. L'occasion fait le larron.

Le commissaire haussa les épaules.

– Il se baladait avec une corde par hasard ?

Mauduit passa une main nerveuse dans ses cheveux.

— Vous en pensez quoi, Dreemer ? poursuivit le commissaire.

Simon prit son temps avant de répondre. Ses yeux gris se rétrécirent légèrement, tandis qu'il réfléchissait.

– Cette corde m'intrigue, finit-il par murmurer, comme s'il se parlait à lui-même. L'assassin la noue autour du cou de Nathalie, mais ne l'étrangle pas. Ensuite il l'attache à plusieurs parties du corps. Dans quel but ?

– Pour l'empêcher de bouger avant de la balancer dans la crevasse ? avança Tellier.

Simon secoua la tête.

– Il aurait pu se contenter d'immobiliser les pieds et les mains, au cas où elle se réveillerait.

– Dreemer a raison, intervint Kowalski en attrapant une grande enveloppe posée sur la droite de son bureau. L'histoire n'est pas claire. Jetez un coup d'œil là-dessus.

Le commissaire étala une série de clichés: des gros plans de la corde qui entravait la jeune morte au moment où elle avait été exhumée. Le premier nœud se trouvait au niveau du cou, puis la corde descendait le long du torse. Au niveau du cœur, on avait fait un second nœud. Un nœud qui n'attachait rien, un nœud inutile. La corde venait ensuite s'enrouler deux fois autour du poignet droit et coulait jusqu'aux chevilles qu'elle liait d'une double boucle. Un nœud entre les deux pieds, puis elle remontait. Un nouveau nœud inutile au niveau des genoux, et elle s'enroulait autour du poignet gauche, collé sous le poignet droit. Une seule fois. Un dernier nœud d'où dépassait un morceau de chanvre d'une dizaine de centimètres achevait ce sinistre tricotage.

– Ça n'a aucun sens, soupira Tellier.

– Une mise en scène? suggéra Simon.

– Comment ça? grogna Kowalski.

– L'assassin conçoit un meurtre très sophistiqué, et après cela, se contente d'ensevelir le corps sommairement. Comme s'il voulait qu'on le découvre rapidement. Qu'on admire son œuvre.

Kowalski repoussa les photographies.

– On n'en sait pas assez, il faut qu'on avance! Tellier, tu te renseignes sur la famille. Le père travaille où?

– Au siège de la société minière, à ce que j'ai compris.

– D'accord. Tu vas là-bas, et puis tu fais aussi un tour dans le lycée de la gamine. Tu vois le directeur, les profs, l'assistante sociale… Bref, tu connais ton boulot! Mauduit, tu te rapproches de l'identité judiciaire pour les recherches d'empreintes. Jeanne, Dreemer, vous retournez au village, vous interrogez les voisins, vous ramassez tout ce que vous pouvez.

Simon qui se levait pour rejoindre la jeune femme suspendit son mouvement. Quelque chose clochait. Très pâle, Jeanne regardait fixement le commissaire. Mais Kowalski détourna la tête. La réunion était terminée.

16 heures

Le père Sugères s'accroupit lourdement devant la porte du presbytère, posant un genou à terre. Il appela Charlie d'un petit claquement de langue. Le jack russell, qui s'apprêtait à courir vers la forêt, s'approcha en zigzaguant pour venir se serrer contre sa cuisse. Louis posa la main sur les flancs musculeux, parcourus de tressaillements.

– Chut, Charlie, murmura-t-il. Doucement…

Il caressa un moment le poil lisse et doux du chien, avant de lui attraper le museau. Le petit animal le fixait d'un air si appliqué à le comprendre que Louis sentit sa gorge se serrer.

– Ce n'est rien Charlie, ne t'inquiète pas… Je suis seulement fatigué. On reste là aujourd'hui, on ne va pas se promener.

Le vieil homme agrippa la rambarde des escaliers pour se hisser. Il se releva en grimaçant, puis épousseta son pantalon où s'étaient accrochés des brins d'herbe jaunie. Il avait la sensation qu'un bloc de pierre lui écrasait les poumons. Ce n'était pas la première fois qu'il affrontait le spectacle d'une mort violente. Il n'avait jamais oublié cette jeune femme, aussi brune que Nathalie était blonde, qu'il avait découverte écartelée sur un matelas de tissu brodé de fleurs, dans la maison silencieuse et fraîche où elle l'invitait parfois à boire le thé. Dehors, les soldats, des gamins, se tenaient debout, tête baissée. Il avait eu envie de les jeter au sol, de les frapper, de les entendre gémir comme elle avait dû gémir avant de mourir, étouffée par le bâillon qu'ils lui avaient enfoncé dans la gorge.

Mais c'était la guerre, c'était ailleurs. Pas dans sa forêt.

Le vieil homme fit quelques pas vers le porche de l'église, puis, changeant d'avis, remonta le sentier, à l'arrière du bâtiment, avant de déboucher par une trouée vers le haut du cimetière.

La porte en métal s'ouvrit en grinçant. Louis aimait pénétrer dans l'enclos par ce côté. Les tombes y dataient de la fondation du village dans les années 1800. Elles étaient délimitées par de simples blocs de calcaire, posés directement sur le sol. Dans ces petits rectangles aux côtés disjoints, les mauvaises herbes prospéraient, tandis que des arbustes et des ronces grimpaient le long des croix de métal ouvragé. Les noms des défunts avaient parfois disparu, lavés par des décennies d'intempéries. Mais c'était bien ainsi. La Terre n'avait pas besoin qu'on y laisse sa marque. Des milliards d'êtres humains étaient passés, des milliards passeraient encore. Une bougie qui s'allume puis s'éteint. Un souvenir qui persiste dans la mémoire des vivants, se dilue peu à peu et s'efface comme l'odeur de la cire dans l'église, après la messe du soir. Et les vivants meurent à leur tour. Les plaques de marbre et les gravures dorées des tombes récentes n'étaient qu'encombrement inutile.

Le vieux curé se promena lentement entre les sépultures, passant sous les branches épaisses du vieux chêne et le long de la petite chapelle qui abritait le Dieu Piteux. Quelqu'un avait déposé un bouquet de fleurs blanches au pied de la statue, des roses de Noël. Qui cela pouvait-il être ? La statue était rarement honorée. On l'avait remisée là lors de la rénovation de l'église, avant guerre.

Sous le ciel fade de ce matin d'hiver, le christ nu, ligoté à son poteau de torture, paraissait plus décharné que jamais, la poitrine creuse, les côtes et les tendons saillants, la bouche crispée, d'un naturalisme archaïque et violent. Sa tête était ceinte d'une couronne tressée de ronces épaisses, hérissée d'épines de bois qui semblaient lui sortir du crâne plutôt que de s'y planter. Elle tombait sur son épaule dans une attitude d'absolu renoncement.

Soudain, à côté des fleurs, Louis remarqua un étrange dispositif: des petits morceaux de bois soigneusement assemblés sur le sol. Intrigué, il se pencha pour mieux voir. Trois brindilles étaient alignées, légèrement espacées l'une de l'autre. Quelqu'un avait balayé la terre dessous pour qu'elles soient bien visibles. Au bout de la ligne, d'autres brindilles étaient assemblées, composant des signes qui ressemblaient à deux lettres majuscules. Un A? Et l'autre… Trois barres également, mais le dessin était moins net. Un rébus ?

Non, ce n'était pas cela… Louis se redressa en secouant la tête. C'était un autre jeu… Le jeu du pendu.

Le vieux prêtre resta un moment à regarder, indécis, le motif dessiné sur la terre. Puis d'un coup de pied, il dispersa les bouts de bois.

Le poids qui écrasait ses poumons s'était encore alourdi.

23 heures

Jeanne reposa à côté du divan le dossier qu'elle venait de parcourir pour la deuxième fois. Une douleur lancinante montait le long de sa nuque. Elle peinait à se concentrer, se demandant sans cesse comment elle avait pu oublier cette affaire. Elle avait parfois la sensation de perdre le fil de son passé. Comme si elle avait vécu une autre vie, et l'avait oubliée. Ou s'était oubliée.

Après la réunion avec Kowalski, la jeune femme avait passé la soirée aux archives et fini par trouver ce qu'elle cherchait. Varange était un village où se passaient peu d'événements notables. Un enfant renversé par un chauffard, un règlement de comptes entre deux voisins soldé par l'incendie d'un garage. Et la mort d'Alice Mayer.

Plus que les circonstances du décès, c'était la ressemblance de la jeune fille avec Nathalie Caspar qui avait réveillé sa mémoire. Elles étaient toutes les deux fines et blondes. Des filles elfes.

Les circonstances elles-mêmes étaient pourtant troublantes. L'histoire s'était déroulée en 1993, onze années auparavant. Alice Mayer avait dix-sept ans. Selon le rapport de police, elle était partie se promener un après-midi dans la forêt et avait disparu. On l'avait cherchée trois jours durant. Aux abords du village, puis de plus en plus loin. Un chasseur qui se baladait avec son chien l'avait finalement retrouvée à quelques kilomètres seulement de Varange. Son corps gisait à l'écart des chemins qu'empruntaient habituellement les promeneurs, coincé sur le ventre, au fond d'une crevasse. Elle était morte étouffée.

Le dossier contenait plusieurs dizaines de pages. L'enquête avait été bien menée. Alice Mayer ne semblait pas avoir été maltraitée, ni s'être débattue. « Vierge », précisait le médecin légiste. Elle présentait une profonde entaille au niveau de la tempe droite, mais on avait retrouvé des résidus de cheveux et de sang sur un rocher affleurant à l'intérieur de la crevasse. Les policiers avaient concentré leurs interrogatoires sur deux hommes. Un certain Jean Messager, qui s'était montré pressant à plusieurs reprises avec Alice, mais qu'on avait mis hors de cause car il avait un alibi. Et surtout Joseph Mayer, le père adoptif de la victime. Des rumeurs d'inceste circulaient dans le village. La mère d'Alice était décédée quelques années auparavant, et certains témoins le disaient un peu trop proche d'Alice.

La jeune femme reprit le rapport en soupirant. Que signifie être trop proche de son père ? Vers l'âge de sept ans, Jeanne avait commencé à souffrir de malaises dans les lieux sombres et clos. À l'église, elle étouffait. Elle se mettait à haleter tel un chien qui a trop couru. Chaque dimanche matin, alors que sa mère allait à la messe, son père l'emmenait en forêt. C'était un des rares moments où ils se retrouvaient seuls. Il lui tressait une couronne de lierre, des colliers et des bracelets, le soleil brillait sur elle comme sur une princesse…

Elle sauta directement à la page des conclusions. En l'absence d'indices, les enquêteurs avaient conclu à un accident. La crevasse n'était pas signalée, ni sécurisée. Alice avait dû glisser, se blesser en tombant et perdre connaissance. Mourir le visage dans la boue, sans même s'en rendre compte.

Refermant le dossier, Jeanne laissa tomber sa tête sur les coussins du divan où elle avait pris l'habitude de dormir. Elle ne supportait pas de s'allonger dans un lit, elle avait la sensation d'y être enfermée comme dans un cercueil. Son appartement, à l'avant-dernier étage d'un vieil immeuble, près du centre de Metz, était éclairé par de grandes fenêtres sans rideaux. Elle regardait la lumière de la nuit, la lueur profonde du ciel mêlée aux vifs éclairs de la ville jouer sur les murs blancs et les feuilles du grand ficus au tronc épais comme celui d'un arbre… Parfois, le sommeil venait.

Le lendemain était un dimanche, mais il n'était pas question de prendre du repos. Kowalski avait immédiatement réagi lorsque Jeanne lui avait fait part de sa découverte à propos d'Alice. Les coïncidences lui semblaient trop nombreuses pour être ignorées. « Il faut rendre visite sans délai à ce Joseph Mayer, avait conclu le commissaire. Et tâcher de savoir s'il connaissait Nathalie Caspar. On a peut-être trop vite conclu à l'accident pour sa fille. »

Jeanne attrapa une petite trousse sur la table basse, à côté du divan. Elle glissa une pilule rose sous sa langue et ferma les yeux, s'appliquant à respirer lentement en attendant que le médicament agisse.

Il fallait bien qu'un jour certaines portes soient ouvertes, et que l'on fasse le ménage à l'intérieur. Mais avant, elle devait s'accorder un peu de répit.

Dimanche 12 décembre

8 heures

Il faisait encore sombre lorsque Jeanne retrouva Dreemer devant la porte de son hôtel. Elle sortit de sa voiture et lui proposa de prendre le volant. Simon accepta avec soulagement. Il avait le sentiment de ne plus rien maîtriser depuis quelques jours. Conduire lui ferait du bien.

Jeanne lui indiquait brièvement les directions à prendre. Il s'aperçut qu'elle avait choisi un autre itinéraire que Tellier. Après la nationale, ils roulèrent durant plusieurs kilomètres dans une vallée très urbanisée, traversant plusieurs petites villes. Les rues étaient bordées de lourdes bâtisses aux portes et aux fenêtres encadrées de linteaux taillés dans le calcaire jaune. Des corniches ouvragées et de faux pilastres ioniques donnaient à certaines un air confortable et bourgeois. Mais dans la lumière fade du petit matin, les teintes pastel qui couvraient les façades paraissaient sales.

Simon déchiffra un mot en allemand gravé au fronton d'une imposante demeure: *Kaiserlische Post.* Puis la voiture amorça un virage, passa sous un pont métallique avant de déboucher dans une cité ouvrière aux pavillons mitoyens identiquement couverts d'un crépi gris. Des rues partaient à angle droit de chaque côté de la chaussée, quadrillant un vaste quartier. Devant une maison, quelqu'un avait installé un banc de bois peint en blanc. La silhouette d'un chevreuil en fer forgé plus grand que nature ornait la façade d'une autre. Elles ressemblaient à celle, lézardée, dont Simon avait remarqué la photo dans le journal.

Lorsqu'ils arrivèrent à Varange, le froid envahit l'habitacle du véhicule. La température semblait avoir chuté d'un coup. Dehors, l'air était transparent comme du verre et sentait le feu de bois.

Joseph Mayer habitait un pavillon des années cinquante, dans une petite rue en bas du village. Il mit un long moment avant d'ouvrir la porte. Malgré son âge, l'homme était d'une beauté saisissante. Grand, les épaules larges, les pommettes hautes et les yeux d'un bleu lumineux. Mais il flottait dans ses vêtements. Une longue mèche de cheveux gris tombait en travers de son front. Tandis que les policiers se présentaient, il la plaqua d'un geste automatique sur son crâne pour dissimuler une calvitie naissante.

– Pouvons-nous entrer? demanda Simon.

Après un moment d'hésitation, Mayer s'effaça pour les laisser passer. Simon remarqua qu'il boitait légèrement. Ils traversèrent une entrée sombre jusqu'à un salon encombré de gros fauteuils de velours marron et de meubles rustiques. D'épais voilages et des doubles rideaux vieux rose, ourlés de passements dorés, étouffaient le jour.

Joseph Mayer s'assit, attendant qu'ils parlent. La veille, Jeanne avait fait une copie du dossier retrouvé aux archives pour Simon. Durant le trajet, alors qu'ils évoquaient les circonstances de la mort d'Alice, la jeune femme avait proposé qu'il mène l'interrogatoire. Elle se montrait prévenante, pourtant elle le mettait mal à l'aise. Apparemment compétente, organisée. Des petites briques bien posées les unes sur les autres, chacune à sa place. Mais à l'intérieur, il la sentait de guingois.

Dreemer posa ses notes sur la table basse.

– Nous désirons vous poser quelques questions dans le cadre de l'enquête préliminaire que nous menons sur la mort de Nathalie Caspar, commença-t-il.

Mayer se contenta de hocher la tête. Il frottait ses mains l'une contre l'autre d'un geste nerveux. Ses poignets étaient d'une maigreur effrayante.

– Nous avons pensé que vous pourriez peut-être nous aider, poursuivit le commandant.

– Je ne vois pas trop, hésita Mayer. Je ne la connaissais pas plus que ça.

– Elle est née dans ce village. Vous avez dû la rencontrer.

– Oui bien sûr... Je l'ai croisée. On a échangé quelques mots à l'occasion.

Le regard de Mayer s'échappa. Simon n'arrivait pas à discerner s'il mentait ou s'il ne se sentait pas concerné par leur présence.

– Une belle fille, suggéra-t-il.

Les yeux de Mayer revinrent vers lui.

– C'est possible... Je n'ai jamais fait attention.

– Savez-vous comment elle est morte ?

– Ce qu'on a écrit dans les journaux.

– C'est-à-dire ?

– Qu'elle a été assassinée.

– Quoi d'autre ?

Mayer tourna la tête vers la porte. Il semblait guetter quelque chose.

– On l'a trouvée dans la forêt, au fond d'une crevasse…

– Rien ne vous a frappé ?

– Non… Je ne sais pas…

La voix de Simon se fit incisive.

– Vraiment rien ?

Il marqua un temps, puis laissa tomber, abruptement :

– Vous avez perdu une fille, il y a une dizaine d'années je crois.

Cette fois, Joseph Mayer tressaillit.

Simon reprit ses notes.

– Alice, dix-sept ans. Retrouvée étouffée dans une crevasse. Comme Nathalie. La ressemblance nous a frappés.

– Mais, Alice… C'était un accident…

Le vieil homme fixait le policier d'un air désorienté. La mèche de cheveux était retombée sur son front.

Tout cela ne menait à rien. Simon avait l'impression de traîner un poids mort. Il lança un coup d'œil vers Jeanne, pour lui passer le relais.

La jeune femme inclina la tête. Elle avait compris le message, mais prit son temps avant de poursuivre. Ça ne servait à rien de bousculer Mayer. Il n'avait pas l'air dans son état normal. Malade ou sous l'emprise de calmants. Elle jeta un regard autour de la pièce, laissant passer quelques minutes, avant de se pencher vers lui.

– J'ai feuilleté hier soir le dossier, commença-t-elle d'une voix douce. Celui qu'on a constitué après le décès de votre fille. Il contenait des portraits d'Alice. Elle semblait très jolie. Malheureusement, les photos étaient de mauvaise qualité. Je me demandais si vous en auriez d'autres ici ?

Mayer fronça les sourcils. Simon remarqua alors que parmi les multiples bibelots entassés sur le buffet et le vaisselier ne se trouvait aucun portrait de famille. Soudain, le visage de Joseph s'éclaira.

– Bien sûr. Vous voulez les voir ?

– S'il vous plaît…

Mayer se leva et les conduisit le long d'un couloir dallé de carreaux noirs et jaunes qui dessinait un angle à partir du salon. Tout au fond se trouvait une porte qu'il poussa précautionneusement.

Simon eut la sensation d'entrer dans la chambre d'un fantôme. Sa présence était palpable et têtue. Il y avait dans cette pièce spacieuse, aux fenêtres ouvertes sur le jardin, des gestes vifs, des cheveux qui volent, un pas de danse. Deux psychés disposées face à face reflétaient les guirlandes de fleurs aux couleurs fraîches imprimées sur la tapisserie murale et les portraits d'Alice disposés un peu partout. Son sourire se multipliait à l'infini sur la surface lisse et brillante des miroirs. Le même visage limpide que Nathalie. D'une blondeur transparente comme elle. Sur une petite commode vernie, au brillant sans poussière, étaient disposés un peigne de corne, une brosse à cheveux et une boîte à fard en vermeil.

Simon leva la main, comme pour attraper quelque chose qui volait. Cette chambre recelait plus d'air que tout le reste de la maison. Il se souvint d'une foire où il était allé, enfant. Il avait insisté pour visiter le palais des glaces et marché ainsi, la main levée, pour tenter de saisir l'espace qui se fragmentait dans une fantasmagorie de lumière. Magique. Et illusoire.

Joseph Mayer s'était appuyé contre l'armoire en pin clair. Il semblait de nouveau ailleurs. Puis il fit jouer la clé de la penderie. La porte s'entrouvrit et il s'en dégagea une odeur lourde, mélange de poussière et de parfum éventé.

– Papa ?

La jeune femme était entrée dans la chambre sans bruit. Joseph sursauta, fermant aussitôt l'armoire d'un air gêné. Elle haussa légèrement les épaules, puis se tourna vers Simon et Jeanne.

– Bonjour, commença Simon… Nous sommes…

– Si cela ne vous ennuie pas, je préférerais que nous allions parler au salon, l'interrompit la jeune femme.

Ils la suivirent dans le couloir. Elle leur désigna deux fauteuils puis s'assit sur le divan aux côtés de son père, qui semblait lui avoir abandonné toute initiative.

– Vous êtes de la police, n'est-ce pas ? demanda-t-elle en s'adressant à Simon.

Il acquiesça d'un mouvement de tête.

– Tout se sait dans un petit village, expliqua-t-elle avec un léger sourire. Votre voiture a déjà été repérée par nos voisins. Et puis je me doutais que vous viendriez un jour. À cause d'Alice.

Elle ne perdait pas de temps. Intelligente, se dit Simon.

Son père l'avait appelée Sarah. Elle devait approcher la trentaine. Grande, très brune, le visage ovale, un nez long et droit, des yeux sombres. Ses cheveux étaient noués sur la nuque en un chignon épais et lisse. Un portrait de maître flamand. Sa voix était grave, un peu rauque, de ces voix qu'aimait Simon.

– La coïncidence m'a frappée moi aussi, poursuivit-elle. À moins que vous ne croyiez pas à une coïncidence ?

– Nous n'avons pas d'idée précise pour l'instant, reconnut Simon.

– À l'époque, la police avait conclu à un accident.

– C'est vrai… Mais vu les circonstances, vous comprendrez que nous ressortions le dossier.

La jeune femme tourna légèrement la tête vers la fenêtre. Un fin duvet ombrait le creux de sa nuque.

– Cela signifie que vous allez revenir harceler mon père ? C'est ridicule, il connaissait à peine Nathalie.

– Il ne s'agit pas de harcèlement, répondit Simon. Nous devons simplement vérifier toutes les pistes possibles.

Sarah Mayer soupira. Elle glissa furtivement sa main sur celle de Joseph. À son annulaire brillait un jonc en argent, orné d'une pierre de lune.

– Tu veux bien nous préparer du café, papa ?

Elle le suivit des yeux lorsqu'il se leva, puis s'inclina vers Simon, semblant ignorer délibérément la présence de Jeanne.

– Nous répondrons évidemment à toutes vos questions. Mais j'aimerais vous dire quelques mots à propos de mon père. Il y a onze ans, à la mort d'Alice, il a traversé des moments très pénibles. On l'a soupçonné… Il a failli ne pas s'en remettre. Je ne voudrais pas que tout recommence. Il n'est pas très solide en ce moment.

– Est-il malade ?

Sarah ne répondit pas directement.

– Il ne va pas bien.

Elle se redressa sur le fauteuil de velours, très calme. Pourtant son visage s'était tendu.

– C'est la mine… Des effondrements se sont produits dans la région, à cause de l'eau qui monte dans les galeries. Le village pourrait être placé en zone à risque.

– J'en ai entendu parler, intervint Simon.

– Mon père s'inquiète beaucoup. C'est même devenu une obsession. Il a remarqué une trace d'humidité dans la cave. Il passe des heures à la surveiller.

– Vous avez fait expertiser la maison ?

– Dans le village, les caves ont toujours plus ou moins connu des problèmes d'infiltration. Des sources resurgissent en automne, quand il a beaucoup plu. Le plateau en est truffé. Jadis, un petit ruisseau coulait même au milieu de la Grand-Rue. Mais cette fois mon père s'est persuadé que l'eau vient de l'ennoyage.

Elle soupira.

– Il était mineur autrefois. Il a eu un grave accident au fond. Puis ma sœur est tombée dans cette crevasse. Après ça, il m'a demandé de tout jeter au feu. Ses vêtements de travail, la musette dans laquelle il mettait son casse-croûte. Pour détruire l'odeur de la boue… Quand il parle de la mine, il dit « elle ». « Elle m'a tout pris… » Aujourd'hui, c'est moi qui ai peur. La mine ne l'a pas tué. Mais elle peut encore le faire… Vous le savez, vous, que la mine tue !

Sarah s'était brusquement tournée vers Jeanne, qui pâlit. Puis ils entendirent le pas traînant de Joseph, revenant de la cuisine chargé d'un plateau. Sa fille se leva pour le lui prendre des mains, disposa les tasses sur la table et reprit la conversation avec naturel.

Ils n'en apprirent pas beaucoup plus. Sarah Mayer connaissait Nathalie dont elle avait été le professeur l'année précédente. La jeune femme enseignait l'histoire au lycée de Ronville, une ville voisine. La petite était un peu difficile, parfois insolente, et peu motivée par les études. Elle pensait surtout à s'amuser. Sarah Mayer ne savait pas si elle avait un petit ami, mais elle aimait provoquer les garçons, et même certains professeurs. À la demande de Simon, Sarah détailla ensuite son emploi du temps, et celui de son père, le jour de la mort de Nathalie.

– Jeudi, je suis rentrée du lycée vers quinze heures trente. Mes cours finissent à quinze heures ce jour-là. Mon père se reposait quand je suis arrivée. Je suis restée à la maison l'après-midi et toute la soirée. J'avais des copies à corriger. Nous nous sommes couchés vers vingt-deux heures trente, après la dernière édition du journal. Le lendemain, nous avons pris le petit déjeuner ensemble, puis je suis partie au lycée pour mon premier cours à huit heures trente.

– Est-ce que des témoins pourraient confirmer votre présence dans la maison ? demanda Simon.

– Je ne sais pas... Nous n'étions que tous les deux. Les voisins pourront peut-être vous dire qu'ils ont vu ma voiture. Et puis...

Elle sembla réfléchir.

– Oui, c'est ce soir-là... J'ai appelé le docteur Victor. Je m'inquiétais pour mon père. Je lui ai demandé de passer le lendemain. Il devait être... dix-sept heures trente, dix-huit heures.

– Très bien. Simon se tourna vers Jeanne. Lieutenant... d'autres questions ?

– Non, c'est bon pour moi, répondit-elle.

Dreemer se leva, imité par les deux jeunes femmes.

– Reste là papa, je reviens, murmura Sarah en posant une main sur l'épaule de son père.

Le vieil homme secoua vaguement la tête dans leur direction, puis retomba dans sa torpeur.

Lorsque Sarah Mayer ouvrit la porte, le froid les saisit. Jeanne noua l'écharpe qu'elle portait autour du cou. Après un bref salut, elle partit vers la voiture, les mains enfoncées dans les poches. Simon s'attarda. Sarah l'avait suivi à l'extérieur, apparemment insensible à la température.

– Je suis désolé pour votre père, fit Dreemer en serrant sa longue main aux doigts déliés, mais nous aurons peut-être d'autres questions à lui poser.

– Je sais… Et pourtant vous perdez votre temps.

Elle s'était appuyée à l'embrasure de la porte, son visage ovale doucement éclairé par le soleil hivernal qui commençait à poindre sous les nuages.

– Est-ce que je peux vous poser une question à mon tour ?

Simon haussa les épaules.

– Si vous voulez…

– Vous n'êtes pas de la région, n'est-ce pas ?

– C'est vrai. Pourquoi ?

– Quand tout cela sera terminé, venez me voir. Je vous raconterai comment c'est ici.

Simon hocha la tête, la fixant longuement de ses prunelles grises.

– D'accord, dit-il enfin. Quand ce sera terminé.

Sarah esquissa un léger sourire en posant la main sur le chambranle. La pierre laiteuse qui ornait son annulaire accrocha un éclat de lumière froide.

En regagnant la maison, elle entendit des pas traînants dans le couloir. Son père retournait à la cave.

10 heures 30

– On ne rentre pas tout de suite…

Jeanne, qui ouvrait son sac pour en sortir les clés de la voiture, suspendit son geste.

– Pourquoi ?

– Il faut qu'on parle d'abord.

– On peut parler dans la voiture.

– Non, on parle ici. En marchant.

– On va où ?

– Je vous suis.

Jeanne baissa la tête, concentrée. Elle range ses petites briques, se dit Simon. Puis, avec un air de défi, elle secoua ses cheveux et partit à pas rapides vers la Grand-Rue.

Ils marchèrent un moment, longeant les façades étroites et grises, collées les unes aux autres. Les ouvertures étaient exiguës, les portes percées au ras de la route, certaines plus bas encore – il fallait descendre quelques marches pour entrer. Elles étaient encadrées de ces linteaux de calcaire jaune caractéristiques de la région, certains gravés de motifs végétaux et d'une date : 1864, 1832… Dans une niche, au-dessus d'une porte plus cossue que les autres, une petite statue de Jeanne d'Arc s'appuyait, un peu de guingois, sur son oriflamme.

Ils passèrent devant la fontaine, puis la maison des Caspar. La rue montait en sinuant vers la forêt et Simon se souvint de ce ruisseau dont avait parlé Sarah Mayer, qui coulait autrefois au milieu du village. Il imagina l'eau fraîche courant librement au centre de la rue, son murmure faisant écho d'un mur à l'autre. Puis il attaqua, sèchement.

– Il va falloir me parler si nous devons travailler ensemble.

Jeanne frémit. La voix de Dreemer recelait parfois une sorte de violence retenue qui frappait comme un poing. Elle l'avait déjà remarqué lorsqu'il avait questionné la mère de Nathalie. Et, quelques instants auparavant, Joseph Mayer.

Elle savait que ce moment arriverait, qu'elle devrait s'expliquer, mais cette façon qu'il avait de l'acculer la hérissait.

– De quoi voulez-vous que je vous parle ?

– Sarah Mayer vous connaît, je me trompe ?

– Vous ne vous trompez pas.

– Tout le monde vous connaît ici.

– Beaucoup de gens. Pas tout le monde.

– Vous m'expliquez ?

Devant eux, la route bitumée se transformait en chemin de terre. Encore quelques maisons, et c'était la forêt. Jeanne attendit les premiers arbres pour répondre.

– Je suis née ici.

Des troncs coupés étaient empilés au bord du chemin.

– On s'assoit ? proposa Simon.

– Je préfère marcher.

– OK... Donc vous êtes née ici. Et vous y avez vécu longtemps ?

– Jusqu'à l'âge de dix-huit ans. Ensuite, je suis partie faire mes études à Nancy, puis à Paris.

– Vous avez encore de la famille à Varange ?

– Non, plus personne.

– Que sont devenus vos parents ?

– Ma mère est repartie en Pologne. C'est de là qu'elle venait.

– Et votre père ?

– Mon père est mort.

– Il était mineur ?

– Oui.

– Que lui est-il arrivé ? Un accident, comme Mayer ?

– Il souffrait d'un cancer des poumons. À cause de la fumée des machines diesels dans les galeries.

– C'est ce que voulait dire Sarah Mayer quand elle a parlé de « la mine qui tue » ?

– C'est ça.

Jeanne releva la tête. Elle n'était plus en colère. Pas même soulagée. Elle éprouvait seulement une immense tristesse. Elle regarda Simon droit dans les yeux, et pour la première fois il sentit quelque chose de vivant entre eux.

Ils marchèrent encore, en silence. Puis Simon reprit, d'une voix neutre :

– Vous avez à peu près le même âge que Sarah. Êtes-vous allées à l'école ensemble ?

– Oui. Et avec Alice aussi.

– Vous pouvez m'en parler ?

– Sarah… Sarah est quelqu'un qu'on n'oublie pas. Intelligente, beaucoup plus mûre que nous tous.

– Vous étiez amies ?

– Sarah ne se liait pas avec les autres.

– Et Alice ?

– Alice… Blonde, jolie… gracieuse…

Elle hésita un moment, consciente que ses souvenirs se confondaient déjà avec les photos vues dans la chambre de la jeune fille.

– C'est loin, se reprit-elle. Il faut me laisser un peu de temps.

Simon fit quelques pas, concentré.

– Le père… Joseph Mayer… qu'en avez-vous pensé ?

– Il a l'air malade… inoffensif. N'est-ce pas votre avis ?

– Je ne sais pas, répondit Simon. J'ai senti quelque chose chez lui, à un moment… Mais quand sa fille est arrivée, il est devenu inaccessible.

Il haussa les épaules, avant de poursuivre :

– Le fait que vous ayez vécu dans le village est un atout. Je suppose que Kowalski est au courant.

Elle inclina la tête.

– C'est pour ça qu'il vous a demandé de venir ici chercher des informations, des rumeurs, des vieilles histoires.

– J'imagine.

– Vous savez par où commencer ?

– Peut-être. Il y avait une personne, autrefois… l'ancienne institutrice du village. Madame Messager. Elle côtoyait tous les enfants, et leurs parents. Mais je ne sais pas si elle est encore en vie. Elle doit être très âgée aujourd'hui.

– Savez-vous où elle habite ?

– Je crois.

– Nous y allons ?

– D'accord, acquiesça Jeanne.

Simon hésita un instant.

– Je peux vous poser une autre question ?

– Je vous écoute.

– Nathalie, vous la connaissiez ?

Jeanne eut l'air étonnée.

– Non. Enfin, pas plus que ça. Quand j'ai quitté le village, c'était une enfant. Et je n'avais pas de relations particulières avec ses parents.

– Pourtant, dans la forêt, l'autre jour… vous avez caressé son front.

– C'est vrai.

– Pourquoi ?

– Je ne sais pas… Elle semblait si seule, couchée sous cette bâche de plastique.

11 heures 25

Jeanne n'eut aucun mal à retrouver la demeure de l'ancienne institutrice. Dès le moment où elle avait remonté la Grand-Rue deux jours auparavant, le village lui était redevenu familier. C'était une sensation étrange. Car en même temps, son cerveau inventoriait chaque détail comme le ferait celui d'une étrangère.

Elle appuya sur le bouton de la sonnette. Aussitôt une voix mélodieuse leur cria d'entrer.

Ils se glissèrent avec précaution dans un couloir sombre qui semblait traverser la maison de part en part. Il était imprégné d'une vague odeur de moisi et de pisse de chat. Sur la droite, une porte était entrouverte. Jeanne la poussa doucement après avoir frappé, découvrant une grande pièce mal éclairée, avec au centre une table de chêne massif et dans un coin un poêle de faïence bleu. Contre la fenêtre voilée de rideaux qui ouvrait au ras de la rue était installée une méridienne de velours rouge. Élisabeth Messager s'y tenait allongée, le dos appuyé à une pile de coussins.

– Entrez, entrez. Excusez-moi de ne pas vous accueillir, mais je me lève difficilement.

Elle avait vieilli bien sûr, son visage s'était affaissé, mais sous les paupières froissées, ses yeux étaient toujours de ce violet lumineux qui captivait Jeanne, enfant. Ses cheveux blancs étaient noués en un chignon épais. Elle avait fardé ses lèvres et cachait son corps alourdi dans une longue tunique aux plis lâches, dont la couleur mauve s'harmonisait avec celle de ses iris. Une canne était discrètement posée à l'arrière de la méridienne, à demi dissimulée par le rideau.

– Jeanne… Jeanne Modover, dit-elle en tendant la main vers la jeune femme, est-ce bien toi ? Laisse-moi te regarder. Tu n'as pas beaucoup changé. Toujours ce sourire…

En entendant son nom dans la bouche de la vieille femme, Jeanne sentit sa gorge devenir douloureuse. Un léger vertige ne la quittait pas depuis qu'elle avait poussé la porte.

– Viens que je t'embrasse.

Jeanne se pencha sur la joue fripée et fraîche. Elle embaumait la poudre de riz, mais aussi ce parfum entêtant, lié dans son souvenir à celui, métallique, de l'encre humide sur la plume. Un parfum de lys. La fleur des rois. Dans la salle de classe, à côté de la reproduction d'un tableau de Modigliani – un portrait de femme dont les yeux, disait madame Messager, avaient la couleur de ceux de Jeanne –, était affichée une planche de botanique. Le lys était peint tout en haut, à côté de la tulipe, ses longs pétales blancs s'ouvrant en une large corolle qui ployait avec majesté au bout de la tige.

– Je ne suis pas tout à fait surprise de te voir, disait Élisabeth. Cette pauvre Lucie Caspar pensait t'avoir reconnue. Assieds-toi. Asseyez-vous monsieur.

Simon tira deux chaises près de la méridienne tandis qu'Élisabeth Messager poursuivait.

– Donc, tu travailles dans la police… Qui aurait pu l'imaginer ? Je pensais que tu suivrais peut-être mes pas.

Que tu deviendrais institutrice. C'est ce que ta mère espérait, non ?

– C'est vrai.

– Comment va-t-elle ?

– Bien, je crois.

– Elle vit toujours en Pologne ?

– Elle habite chez des neveux, près de Czestochowa.

– Czestochowa. La « Vierge noire »...

Élisabeth Messager esquissa un drôle de sourire puis s'adressa à Simon.

– Excusez-moi... monsieur ?

– Dreemer. Simon Dreemer.

– Excusez-moi, monsieur Dreemer, mais je n'ai pas vu Jeanne depuis si longtemps. Je suis heureuse d'avoir de ses nouvelles... Mais je suppose que vous êtes venus me poser des questions plutôt que d'écouter les miennes. C'est à propos de Nathalie ?

– Nous sommes chargés de l'enquête sur sa mort, confirma Jeanne, qui s'était assise à côté de Simon.

La sensation de vertige avait diminué, mais elle sentait toujours un grand vide au creux de son ventre. Consciente du regard de Dreemer posé sur elle, elle s'éclaircit la voix, pour gagner du temps.

– Vous connaissez tout le monde ici, dit-elle enfin. J'ai pensé que vous pourriez peut-être nous aider à comprendre...

Elle hésita, cherchant ses mots. Un vieux chat s'était glissé jusqu'au pied de la méridienne en frôlant les murs. Sa queue était sectionnée, terminée par une nodosité rosâtre. Il s'allongea sur le carrelage, dans un rai de lumière qui tombait de la fenêtre, et tourna la tête vers eux. Sa paupière gauche était fermée, soudée sur un œil crevé.

– Je ne sais pas ce que je pourrais vous dire, répondit la vieille femme. C'est une histoire horrible…

Elle baissa la tête, comme pour se recueillir. Dans la rue, un homme passait. Elle attendit que s'éteigne le claquement de ses pas sur le trottoir, puis laissa tomber :

– Vous venez de chez Joseph, n'est-ce pas ?

Jeanne sourit.

– Vous êtes décidément au courant de tout.

– Vous êtes allés le voir à cause d'Alice ?

Jeanne acquiesça.

– Évidemment… dit la vieille dame. Mais vous ne pensez pas rouvrir l'enquête sur sa mort tout de même ?

– Pour l'instant, nous explorons toutes sortes de pistes, intervint Simon d'un ton vague. Alice Mayer en est une parmi d'autres. Vous avez été son institutrice, je crois. Vous pourriez peut-être nous parler d'elle pour commencer ?

Élisabeth leva les sourcils. Puis elle eut une petite moue et balaya légèrement l'air de la main.

– Alice avait un an lorsque Joseph et sa femme, Louise, l'ont ramenée au village, commença-t-elle. Ils essayaient depuis des années d'avoir un enfant, Louise approchait la quarantaine, elle était terriblement déprimée. Ils avaient fini par se décider à adopter.

« Je me souviens encore quand la petite est arrivée. De grands yeux bleus, jolie comme un cœur. Souriante, joyeuse. Ils avaient beaucoup de chance. Les enfants adoptés sont parfois très abîmés. Alice était claire comme une eau de source. Pourtant Louise ne s'est jamais faite à elle. Elle s'en occupait, mais on voyait qu'elle ne s'y attachait pas. Joseph, par contre, était fou de la gamine. Il l'avait toujours dans les bras, l'emmenait partout avec lui.

– Vous dites qu'ils ne pouvaient pas avoir d'enfant. Sarah Mayer a été adoptée, elle aussi ?

– Non, Sarah est née un an plus tard. C'est une histoire assez classique, vous savez. Un couple se croit stérile, il fait une démarche pour adopter, et peu après la femme tombe enceinte... Louise n'est pas allée mieux pour autant. Je ne crois pas qu'elle ait donné beaucoup d'affection à ses filles. Elle était très renfermée, ne s'intéressait qu'à sa maison, à ses meubles, à son ménage. Elle est décédée quelques années plus tard, d'un cancer du sein.

– Des rumeurs ont circulé après la disparition d'Alice, avança Simon. On a dit que son père entretenait avec elle des relations incestueuses.

Les yeux d'Élisabeth Messager s'assombrirent.

– Je connais ces racontars. Mais les choses étaient plus compliquées. C'est un peu... singulier, et choquant de dire cela à propos d'une petite fille, mais Alice était une séductrice. Rien de vulgaire. Elle avait de la grâce... Quand elle était quelque part, elle attirait tous les regards. Et elle le savait. Avec son père, elle se montrait très câline. Peut-être trop. Je ne sais pas. Joseph était complètement captivé par elle. Il la regardait comme une princesse. Tu te souviens comment il l'appelait, Jeanne ?

– Non, répondit la jeune femme.

– « Alice au pays des merveilles ».

– Sarah n'était pas jalouse ? demanda Simon.

– C'est vrai qu'elle était un peu délaissée. Mais Sarah a toujours été une fille intelligente, très mature... Elle me rendait souvent visite lorsqu'elle était enfant. Nous aimions bavarder ensemble. Aujourd'hui encore d'ailleurs.

– Et la mort d'Alice, poursuivit Simon, cette histoire d'accident, vous y croyez ?

– Vous soupçonnez à nouveau Joseph ?

– Sa femme était morte. La petite a grandi, est devenue une jeune fille… Ce sont des choses qui arrivent.

– Je sais… Mais Joseph est quelqu'un de bien. Je ne peux pas y croire.

Élisabeth sourit d'un air triste.

– Alice est passée de l'autre côté du miroir. Elle est tombée dans le terrier du lapin et n'en est jamais revenue.

La vieille femme passa la main sur son front, songeuse, avant d'ajouter.

– Nous avons tous cru que Joseph ne se remettrait pas. Mais Sarah s'est occupée de lui. Elle a terminé ses études d'histoire, trouvé un poste dans la région et s'est aménagé un petit studio dans la maison. Elle lui tient compagnie, l'aide un peu. Il est resté fragile.

– Sarah Mayer n'a pourtant pas l'allure d'une vieille fille, remarqua Simon.

– Elle a sa vie, j'imagine… Mais je crois que ça l'arrange d'habiter près de son père. Elle est très indépendante. Elle n'a sûrement pas envie qu'un homme s'installe à demeure. Un peu comme moi, conclut-elle malicieusement.

Simon sourit. Il commençait à apprécier le franc-parler de la vieille femme.

– D'après les photos que nous avons pu voir, Nathalie ressemblait beaucoup à Alice, poursuivit-il.

– C'est vrai. Même si elle était loin d'avoir son charme. Plutôt provocante. Une pauvre gamine, finalement… Qui demandait surtout de l'attention.

Simon revit la chambre de la jeune fille, banale et bien rangée, inhabitée. Comme si elle avait tout simplement décidé de ne pas y faire sa vie, avec cette famille-là.

– Elle a été gâtée, mais personne ne l'a aidée à grandir, précisa l'ancienne institutrice.

– Gâtée ? Par ses parents ? s'étonna Simon.

– Non, son grand-père, Charles Caspar.

– Nous l'avons rencontré, il y a deux jours. Un homme assez impressionnant…

– Une forte personnalité, reconnut Élisabeth Messager. Il a été maire du village pendant plus de trente ans.

– Il semble entretenir des relations difficiles avec son fils.

– Lucien n'est pas un mauvais garçon, mais il a le caractère de sa mère : assez mou, pas beaucoup d'ambition. Charles a reporté toute son affection sur Nathalie.

Elle grimaça.

– Enfin, je ne sais pas si c'est vraiment le mot juste. Disons, son « intérêt ». Mais j'ai entendu dire qu'il avait rédigé un testament en sa faveur.

La vieille femme s'interrompit un instant, semblant réfléchir.

– Vous croyez vraiment qu'il existe un lien entre la mort d'Alice et celle de Nathalie ?

– Je vous l'ai dit, nous explorons toutes les pistes, répondit Simon.

– Pour vous dire la vérité, reprit-elle en hésitant, même si je suis sûre que Joseph n'a rien à voir là-dedans, je n'ai jamais été convaincue qu'Alice soit morte accidentellement. À l'époque, j'ai pensé à un flirt qui aurait mal tourné… Elle n'était pas du genre à se promener seule en forêt. Mais pour Nathalie, il y a quelque chose de différent. D'étrange.

– Que voulez-vous dire ?

– Le père Sugères m'a dit qu'elle avait une corde autour du cou. Vous êtes au courant de ce qu'il a trouvé hier dans le cimetière ?

– Le père Sugères ? demanda Simon, étonné.

Élisabeth acquiesça.

– Près du Dieu Piteux. Tu te souviens, Jeanne, la vieille statue ? Quelqu'un a déposé un bouquet de fleurs à ses pieds et dessiné à côté une sorte de jeu du pendu avec des brindilles…

Elle hésita de nouveau :

– Ça n'a peut-être aucun rapport… mais je me demande si vous ne devriez pas lui rendre visite.

À ce moment, ils entendirent la porte d'entrée s'ouvrir, puis se refermer en claquant. Un courant d'air froid pénétra dans la cuisine surchauffée. Élisabeth se redressa sur le divan, lissant sa tunique de la paume des mains.

– C'est Jean, mon fils.

L'homme qui entra dans la pièce devait avoir plus de cinquante ans, mais sa silhouette paraissait étonnamment juvénile. Il était petit, maigre. Avec des lunettes trop grandes et l'allure étriquée dans un manteau à capuche bleu pétrole. On imaginait mal qu'il puisse être le fils d'Élisabeth Messager.

– Viens, Jean, approche… Je te présente Jeanne Modover, une ancienne élève, et monsieur Dreemer. Ils sont de la police, ils enquêtent sur la mort de Nathalie.

Jean Messager se déplaçait lentement, la tête un peu penchée. Il leur serra la main. La sienne était sèche et froide.

– Jean vient me préparer mon déjeuner, expliqua Élisabeth. Puis elle tourna les yeux vers la porte. N'hésitez pas à repasser, si vous avez encore des questions. Et puis, essayez de parler à Louis.

Avec son sourire doux de très vieille femme, elle les congédiait.

12 heures 30

– Elle sait beaucoup de choses, murmura Simon en sortant de la maison.

– Les gens se confient facilement à elle.

– Mais j'ai l'impression qu'elle dit seulement ce qu'elle veut.

– Madame Messager n'a sans doute jamais fait, et dit, que ce qu'elle voulait, sourit Jeanne.

– C'était une bonne institutrice ?

– Excellente.

– Sévère ?

– Un peu intimidante. Enfin, au début, quand on la connaissait mal. Imposante. Entre nous, nous l'appelions « la reine Élisabeth ».

Jeanne sourit de nouveau.

– Je pense qu'elle le savait. Il était difficile de lui cacher quoi que ce soit.

– Vous aviez des choses à cacher ? plaisanta Simon.

– Ensuite, on s'habituait. On se rendait compte qu'elle ne vous voulait pas de mal. Qu'elle voyait au fond de vous, et vous aimait tout de même. Et là, ce n'était plus effrayant, c'était reposant.

Simon eut l'impression que la jeune femme essayait de lui dire quelque chose qui le concernait autant qu'elle.

– Son fils a l'air bizarre.

– Il est légèrement attardé. Autrefois, la mairie l'employait comme homme à tout faire, pour entretenir les parterres de fleurs, les bas-côtés, ce genre de choses.

– Il habite chez sa mère ?

– Je ne sais pas. Quand je vivais ici, il se construisait une petite maison. Mais j'avais l'impression qu'il ne la finirait jamais.

– Il me semble avoir lu son nom dans le rapport de police à propos de la mort d'Alice.

– C'est juste, il faisait partie des suspects.

– Parce qu'il lui avait fait des avances ?

– Il faisait des avances à toutes les filles. Enfin, pas vraiment des avances. Il nous suivait, venait se coller.

– Pervers ?

– Peut-être. Je pense surtout qu'il n'a jamais eu de femme dans sa vie. Mais je ne me souviens pas qu'il ait vraiment fait du mal à qui que ce soit. Et puis Alice n'a pas été violée.

– Elle l'a peut-être rejeté, ce qui l'a rendu furieux. Ou bien il est impuissant.

– Il avait un alibi à l'époque.

– Sa mère ? C'est un peu léger comme alibi.

– Les policiers s'en sont contentés. Ils n'avaient rien contre Jean.

– En tout cas, Élisabeth Messager s'est bien gardée d'évoquer les soupçons qui pesaient sur lui.

– Elle protège son fils, rien de plus normal.

– Elle protège aussi Joseph Mayer. Par contre, elle nous a orientés vers la famille de Nathalie, en nous parlant du conflit entre Caspar et son père…

– Vous pensez que Lucien aurait pu tuer sa propre fille pour une histoire de jalousie ou d'héritage ?

– On a déjà vu ça, répondit Simon en haussant les épaules. Mais l'homme a l'air plutôt passif… Que pensez-vous de ce jeu du pendu retrouvé dans le cimetière ?

– Ça ressemble à un canular. Je ne vois pas le rapport avec le meurtre de Nathalie.

– Je ne sais pas… Mais puisque votre vieille institutrice a attiré notre attention sur le sujet, autant vérifier.

Ils ne se rendirent pas tout de suite chez le père Sugères. C'était l'heure du déjeuner, et Simon voulait revoir la crevasse où avait été découvert le cadavre de Nathalie. Ils s'achetèrent des sandwiches dans un petit café installé au bord de la départementale, en bas du village, puis remontèrent vers la forêt. Jeanne proposa de rejoindre le lieu du meurtre à pied, par un raccourci qu'elle connaissait.

Pour la première fois, elle prenait l'initiative. Simon sentit qu'elle avait envie, ou besoin, de marcher. Quant à lui, il ignorait pourquoi il voulait retourner là-bas. Dans ce brouillard, ce jeu de fumée soufflé par il ne savait qui, la crevasse lui semblait avoir sa propre signification.

Passé les premiers mètres après les habitations, les bois se refermaient, denses, austères. Le sentier, creusé à flanc de colline, était glissant, recouvert de feuilles mortes agglomérées à la terre collante. Des deux côtés de cette tranchée boueuse, les talus montaient haut, laissant affleurer des entrelacs de racines mousseuses. Le sous-bois était jonché de branches mortes, et des rameaux effeuillés, mis en tas par les bûcherons lors des dernières coupes, pourrissaient sur place.

Jeanne marchait en tête, posant ses pieds avec assurance, toujours à la même cadence, son effort accordé à la raideur du chemin. Simon avait l'impression que le corps tendu de la jeune femme se déliait enfin. Ils parvinrent à la crevasse en à peine vingt minutes. L'itinéraire qu'ils empruntaient suivait la ligne brisée des contreforts du plateau. Il semblait à Simon qu'ils passaient d'une colline à une autre, d'une faille à la suivante, chacune ouverte dans un axe légèrement différent. Parfois, il apercevait entre les arbres la masse sombre du crassier, en contre-jour de l'autre côté de la vallée. Ce repère lui permettait de se situer grossièrement. Mais il n'était pas certain qu'il aurait pu retourner à la voiture seul.

Ils ne virent personne près de la crevasse, encore sécurisée par le ruban jaune des scènes de crime. Les hommes de la police judiciaire avaient déjà quitté les lieux. Simon se demanda si Mauduit se trouvait parmi eux.

Le cri rêche d'un choucas déchira le silence. Jeanne s'assit en tailleur à même le sol, tandis que Simon cherchait une souche pour s'installer confortablement. Le soleil s'était levé et malgré sa pâleur, tombait droit à travers les arbres dénudés. Simon sentait sa chaleur sur ses épaules. Il dénoua son écharpe, observant Jeanne dont le regard demeurait rivé sur la crevasse. Un instant, il la revit telle qu'il l'avait aperçue la première fois, une inconnue agenouillée près de la dépouille gracile de Nathalie Caspar.

Elle se mit à parler d'une voix lente, fixant toujours la tranchée de glaise noire.

– Quand j'étais petite, mon père disait que cette terre était comme la mer. Jamais tranquille, jamais immobile. À cause de la mine. Un jour vous vous promenez sur un chemin, il est plat, on voit jusqu'à l'horizon. Le lendemain matin, il s'est creusé d'une nouvelle vague et vous n'apercevez plus que le haut du ciel. Dessous, le soutènement a craqué, une galerie s'est effondrée.

– Est-ce qu'il se produit souvent des accidents à cause des crevasses ?

– À part Alice Mayer, je n'ai jamais entendu parler de chute mortelle. Les grosses failles sont en général signalées. Elle n'a pas eu de chance. À l'époque, on faisait moins attention qu'aujourd'hui, la forêt n'était pas sécurisée.

– À moins que quelqu'un l'ait poussée…

Jeanne se contenta de hocher la tête.

– Le plus dangereux, poursuivit-elle, ce sont finalement les trous qui se cachent sous les feuilles. Votre pied se prend dedans, vous pouvez vous blesser, vous casser une cheville ou une jambe. C'était un jeu quand nous étions gamins : partir en courant dans les pentes. Notre roulette russe à nous. On avait le cœur qui battait. Mais je ne me souviens pas que quelqu'un se soit jamais vraiment fait mal. À part les petites bêtes qui s'étaient laissé piéger et mouraient étouffées.

Jeanne se tut. Elle se souvenait d'un jeu stupide et cruel auquel elle avait assisté une fois ou deux. Les garçons menaient la danse. Ils jetaient un petit animal, un mulot le plus souvent, au fond d'un trou étroit et profond, et l'affolaient de la pointe d'une branche en le regardant se débattre jusqu'à l'épuisement. Un jour, un gamin qui voulait épater les autres avait apporté un chaton. L'animal était roux, avec une fourrure toute douce et les yeux encore bleus des nouveau-nés. Ils l'avaient caressé un moment et s'étaient amusés de ses minuscules dents qui leur mordillaient les doigts. Au moment de le jeter dans la crevasse, le gamin avait hésité. Mais les autres se moquaient de lui. Alors il l'avait laissé tomber. Le chaton avait commencé à crier. De tout petits cris aigus, comme ceux d'un bébé. Ça n'avait pas duré longtemps. Personne n'avait joué avec une branche ce jour-là. Ils auraient pu le sortir du trou, mais ils ne l'avaient pas fait. Ils étaient juste partis, un peu honteux, Jeanne comme les autres. Par la suite, elle ne les avait plus jamais accompagnés.

Simon interrompit le cours de ses pensées.

– Élisabeth Messager a dit que votre mère rêvait de vous voir devenir institutrice…

– Ma mère et moi n'avions pas les mêmes rêves, répondit-elle en levant la tête vers la cime des arbres.

On entendait par intermittence un battement d'ailes étouffé, mais les oiseaux demeuraient invisibles.

– Pourquoi la police ?

– Je ne sais pas… Je me suis toujours intéressée aux gens.

– Voilà une drôle de réponse. Ceux à qui nous avons affaire sont rarement intéressants. Plutôt rebutants.

– J'aime comprendre les choses. Ce qui se passe dans les têtes. Tout n'est pas forcément blanc ou noir… Ça l'est même rarement. Vous ne pensez pas ?

Simon prit le temps de réfléchir. Il avait appris de son père à ranger les gens dans des colonnes : les « plus » et les « moins ». Ce n'était pas une question de réussite ou d'argent, mais de regard. Son père était un « plus », tout en haut de la colonne. Créatif, excessif, visionnaire. Enfant, Simon avait cru que le monde était fait pour les gens comme lui. Il n'avait pas appris à louvoyer. Il s'était pris pas mal de coups. Mais ne pouvait se résoudre à baisser les yeux.

– Vous avez sans doute raison, répondit-il au bout d'un moment.

– Et vous, pourquoi êtes-vous devenu policier ?

– Par manque d'idée.

C'était une pirouette. Il le savait. Il vit le visage de la jeune femme se fermer.

Ils entamèrent leurs sandwiches dont le pain était mou et le jambon sorti d'un sachet de plastique.

14 heures 30

Une heure plus tard, lorsqu'ils parvinrent en haut des marches qui menaient à l'église, Jeanne et Simon trouvèrent Louis Sugères debout devant l'entrée du cimetière, tenant à la main des gants de jardinier et une paire de cisailles. Il ne parut pas surpris en les voyant.

– Élisabeth m'a appelé pour me dire que vous passeriez peut-être, expliqua-t-il. Bonjour ma petite Jeanne. Je suis heureux de te revoir.

– Moi aussi père Sugères, sourit la jeune femme.

Le prêtre s'était voûté, mais semblait toujours solide sur ses jambes. Il se tenait les pieds légèrement écartés, les épaules roulées en avant sous sa veste de velours râpé. Avec sa peau épaisse qui plissait au coin des yeux et ses mains tachées de terre, il ressemblait plus à un paysan qu'à un curé.

– Comment va ta maman ?

– Bien je crois, lui répondit Jeanne, de la même manière qu'elle avait répondu à l'institutrice.

Louis n'insista pas.

– Élisabeth a dit que je devais vous parler de ce que j'ai trouvé près du Dieu Piteux. Franchement, je ne sais pas si c'est utile.

– Allons voir, suggéra Simon.

– C'est-à-dire…

Le prêtre hésitait.

– J'ai tout jeté.

– Jeté ?

– J'ai pensé qu'il s'agissait d'une mauvaise blague.

Simon esquissa une moue déçue.

– Montrez-nous tout de même l'endroit.

– Si vous voulez.

Ils le suivirent vers le haut du cimetière. Le prêtre déposa gants et cisailles à côté d'une tombe envahie de ronces, puis les mena près d'une petite chapelle édifiée à l'écart, à proximité d'un chêne à la couronne imposante.

– C'était là, au pied de la statue.

Le Dieu Piteux. Jeanne enfonça le menton dans son écharpe. Il était fidèle à son souvenir, le corps tordu, les côtes saillantes comme celles des enfants que l'on voit mourant de faim à la télévision.

Simon examinait la statue, intrigué.

– D'où vient ce christ ? Je n'en ai jamais vu de ce genre. Habituellement, ils sont représentés en croix, pas assis.

– C'est un « Dieu de Pitié », un « Dieu Piteux », comme on dit ici, expliqua Louis. Il doit dater du XVe ou du XVIe siècle. On en trouve une dizaine plus ou moins identiques dans la région. Il devait en exister d'avantage autrefois, mais beaucoup ont disparu.

– Pourquoi ? s'étonna Simon.

– La nudité, le côté… ostentatoire. Trop humain. À une époque, certains les ont trouvés choquants.

– Avec madame Messager, nous sommes venus le voir plusieurs fois, murmura Jeanne.

– Je ne savais pas qu'Élisabeth faisait dans la religion ! plaisanta Louis.

– Ce n'était pas pour ça. Je veux dire, pas pour prier. Plutôt une leçon d'histoire.

– D'histoire ?

– Que disait-elle déjà ?

Jeanne fronça les sourcils. C'était l'hiver… Le temps ressemblait à celui d'aujourd'hui. Ils traversaient le village deux par deux, en se tenant par la main. Elle était coiffée d'un épais bonnet de laine crocheté par sa mère qui lui donnait sans cesse envie de se gratter le crâne. Les marches de l'escalier étaient gelées, il fallait accrocher sa main à la rampe froide pour ne pas tomber. L'institutrice, qui portait une pelisse dont le col de fourrure rousse a llumait de petites flammes dans ses cheveux noirs, les rassemblait en demi-cercle face à la statue. Jeanne avait froid aux pieds, bougeait doucement les orteils dans ses bottes pour tenter de les réchauffer. Le vent glacial se glissait sous son manteau et remontait le long de ses jambes, traversant les collants de laine. Mais elle écoutait madame Messager. Ils l'écoutaient tous. Son visage alors n'était pas comme d'habitude. Elle ne souriait pas. Elle avait l'air triste. Sans trop savoir pourquoi, ils se sentaient coupables.

– Elle disait… Elle disait que ce christ, c'était l'image de la Lorraine.

– Comment ça ? s'étonna Louis.

Jeanne tentait de suivre le fil de ses souvenirs.

– La Lorraine souffrante… Les guerres, les tranchées, Verdun, la mine, les crassiers… Le sang. La boue.

– Le sang et la boue, répéta Louis dans un murmure.

Simon avait sorti un petit appareil photo numérique et prenait des clichés du christ sous différents angles. Il semblait fasciné.

– Cette statue a une allure un peu primitive, presque païenne, remarqua-t-il.

– Selon certains historiens, les Dieux de Pitié avaient un rapport avec un ancien culte des morts, confirma Louis. Ils étaient parfois érigés près d'ossuaires. Il arrive aussi que des crânes et des tibias soient sculptés à leurs pieds.

– Est-ce en hommage aux défunts que vos paroissiens y déposent des fleurs ? demanda Simon.

– Je ne sais que vous répondre. Depuis que je suis prêtre dans ce village, je crois que je n'ai jamais vu personne fleurir ce christ. Les gens montent rarement dans la partie ancienne du cimetière.

– Ils ont peur des vieux morts… des fantômes, sourit Simon.

Louis lui rendit son sourire.

– Peut-être. Mais je pense surtout qu'il n'y a plus grand monde dans le village qui connaisse encore les gens enterrés ici. Quoique…

– Oui ?

– Vous n'êtes pas si loin de la vérité avec votre histoire de fantômes.

Le visage du prêtre se fit grave.

– Un homme a été pendu ici, après la guerre. Au grand chêne.

– Un meurtre ?

– Plutôt une exécution. Un collaborateur condamné par la Résistance. Je n'en sais pas beaucoup plus. Je ne suis pas de Varange. Je suis arrivé il y a une trentaine d'années seulement.

– D'après madame Messager, vous avez trouvé une sorte de rébus qui ressemblait à un jeu du pendu à côté des fleurs, reprit Simon.

– J'ai peur de m'être un peu monté la tête, tempéra Louis. J'ai vu des petits bouts de bois par terre, certains semblaient former des lettres.

– Quelles lettres ?

– Un A. Pour l'autre, c'est moins clair : j'ai compté trois brindilles… peut-être un N.

– Et combien de barres horizontales ?

– Trois, quatre ? J'ai oublié.

Puis, avec un soupir :

– Ça ne m'a pas plu. J'ai tout ramassé et jeté aux ordures.

– Les fleurs aussi ?

– Les fleurs aussi.

– Quel genre était-ce ?

– Des fleurs blanches. Des roses de Noël.

– Vous allez nous montrer où vous vous en êtes débarrassé, décréta Simon. On les enverra à la police judiciaire. Des roses blanches… ils trouveront peut-être d'où elles viennent, qui les a achetées.

Jeanne le regarda, surprise, puis secoua la tête.

– N'espérez pas trop. Ce ne sont pas de ces roses qu'on achète chez les fleuristes, mais des ellébores. Des plantes des jardins, qui résistent au gel. Beaucoup de gens en cultivent pour les fêtes de fin d'année.

– Dommage…

– Vous croyez vraiment que cette histoire mérite qu'on s'y intéresse ?

Simon fixait de nouveau la statue, le visage fermé.

– J'en suis sûr.

20 heures 30

Joseph Mayer n'avait pas allumé le plafonnier. À travers la vitre poussiéreuse du soupirail, la lumière des lampadaires éclairait le cellier d'un halo fantomatique. Il distinguait à peine les marques qu'il avait tracées au crayon gras sur le mur, mais cela n'avait pas d'importance. Il avait seulement besoin de réfléchir un peu, au calme.

Sarah n'était pas dupe, elle avait sans doute deviné où il se trouvait. Mais elle ne comprenait pas. Il avait besoin d'être là, au plus près de la terre. Il savait. Tout son corps savait. Pendant trente ans, il avait réagi au moindre craquement, au moindre souffle, au plus léger filet de poussière tombé du plafond. Le poil se hérissait sur les avant-bras, le cœur cognait un peu plus fort, les sens se mettaient à l'écoute de la mine. Elle respirait autour de lui, il était dans son ventre, d'un spasme elle pouvait l'écraser.

Adolescente, Sarah avait souvent insisté pour qu'il l'emmène au fond. Elle voulait voir, disait-elle. Seulement voir, une fois, où il travaillait. Il aurait pu. Certains le faisaient. Mais il n'avait pas voulu. La nuit, presque totale, le vacarme des engins, le froid pénétrant, l'humidité. La poussière, ocre, du minerai qui leur collait à la peau et leur valait ce nom de gueules jaunes. Ce n'était pas un monde pour les enfants. L'odeur de la boue… Quand on était imprégné de cette odeur, jamais on ne s'en débarrassait. Elle ressortait, en même temps qu'une trace jaunâtre, sur le col des chemises blanches qu'on portait en été.

Il ne voulait pas de l'odeur de la boue sur ses filles.

Lorsqu'il rentrait à la maison, après sa tournée de nuit, il laissait ses vêtements et ses chaussures à la cave. Il se lavait une deuxième fois. Puis il montait réveiller Alice et Sarah avant de leur préparer leur café au lait. Le dimanche, en hiver, il les emmitouflait de grosses écharpes, et tous les trois grimpaient dans la forêt. La neige craquait sous leurs semelles. À la sortie du sous-bois, en débouchant sur le plateau nu, Joseph croyait être ailleurs, très loin. Alice brassait la poudre blanche, la faisait voler autour d'elle en riant – elle était si joyeuse, si légère –, mais il posait un doigt sur la bouche, et ils poursuivaient leur chemin en silence, guettant sur la surface irisée les empreintes qu'y avaient laissées les animaux pendant la nuit; les trois griffes de la perdrix, les pinces rondes du vieux sanglier, les doigts poilus du lièvre. Une fois – les filles étaient encore toutes petites –, ils avaient suivi longtemps la trace d'un renard. Ils étaient rentrés en retard pour le déjeuner. Louise s'était déjà recouchée, laissant sur la table de la cuisine une soupe refroidie. Joseph avait réchauffé la casserole sur le fourneau. Ensuite, ils avaient mangé tous les trois sans parler, les yeux brillants, les joues rouges et brûlantes après le froid du dehors.

Et puis il y avait eu l'accident. Imprévisible, inévitable. Un bloc qui se décroche d'un coup du plafond de la galerie et lui écrase la hanche. Les choses avaient bien changé après.

Joseph laissa aller sa tête contre le mur granuleux de la cave, les yeux mi-clos. Après... Alice avait commencé à sortir sans lui. Il était resté paralysé des mois au fond de son lit. Et elle était morte, seule, dans cette crevasse.

Le vieil homme secoua la tête pour chasser les pensées vaines qui cognaient dans son crâne. Sarah lui avait reproché d'avoir emmené les policiers dans la chambre d'Alice. Plusieurs fois, elle avait voulu débarrasser la pièce des affaires de sa sœur. Elle aurait aimé effacer toute trace, comme si cela pouvait suffire à apaiser sa peine. Mais la tristesse était là, toujours présente, comme un murmure au creux de son oreille, et il n'y avait rien qu'il puisse faire pour la calmer.

Joseph soupira. Sa fille s'inquiétait trop. Elle lui avait conseillé de prétendre qu'il ne connaissait pas Nathalie. Il avait obéi. C'était plus simple comme cela. Mais le regard du policier l'avait mis mal à l'aise. Il se demandait si Dreemer l'avait cru.

Ses jambes, repliées dans une position inconfortable, commençaient à s'endolorir. Le vieil homme dénoua lentement son corps transi. Il fallait qu'il remonte. Tonio allait le rappeler à propos de la réunion sur l'ennoyage qui devait avoir lieu le lendemain à la mairie. Les géologues chargés de recenser les zones à risque avançaient à l'aveuglette. Sous le village, les galeries étaient anciennes, trop dangereuses pour qu'ils puissent y descendre. Ils avaient demandé aux vieux mineurs de rassembler leurs souvenirs. « Il y a les plans officiels et ce qui se passait au fond », avait plaisanté Tonio au téléphone. Quand ils ne trouvaient pas de minerai, les hommes creusaient plus que ce qui était autorisé. « Et quand on trouvait un bon gisement, c'était pareil ! » avait conclu Tonio en éclatant de rire.

Joseph n'irait pas à cette réunion. De toute façon, ceux qui décidaient n'écoutaient rien. Dans quelques mois, ils laisseraient des millions de mètres cubes d'eau glacée affluer dans le dédale des galeries.

Ils croient pouvoir dominer l'eau. Mais elle jaillit toujours là où on ne l'attend pas…

En se levant, Joseph croisa son reflet dans le petit miroir accroché au-dessus de l'évier de la cave. Il avait encore maigri. Ses pommettes saillaient, anguleuses, la peau collée aux os. Un presque mort.

Lundi 13 décembre

8 heures

Il était encore tôt lorsque Simon passa la porte du commissariat. Il espérait voir Jeanne avant la réunion prévue en début de matinée. En jetant un coup d'œil par la vitre de son bureau, il la découvrit, plus matinale que lui, plongée dans un énorme dossier.

– Un rapport en retard, soupira-t-elle.

– Je vous offre un café ?

La salle de repos était mal éclairée et sentait la cendre froide. Mais quelqu'un avait couvert les murs de grandes affiches de films qui lui donnaient l'allure incongrue d'une cafétéria pour étudiants. Contre le mur du fond, un canapé de mousse difforme portait la trace des nombreux corps qui avaient dû y trouver un moment de répit.

Jeanne buvait, comme lui, un café très allongé, à l'américaine. Il lui tendit le gobelet en plastique, puis ils se perchèrent sur des tabourets devant une petite table tachée d'auréoles brunâtres.

– Il y a quelque chose que j'aimerais évoquer tout à l'heure, à la réunion, mais je voulais vous en parler d'abord, annonça Simon.

Jeanne hocha la tête. Elle semblait plus reposée que la veille, plus sûre d'elle aussi. Ses yeux étaient presque gris ce matin. Cette fille était aussi changeante que la surface d'une mare sous un ciel d'orage.

– Nous travaillons ensemble, poursuivit-il. Je ne voudrais pas que vous ayez l'impression que je fais les choses dans mon coin.

Elle tournait doucement son café dans son gobelet pour le refroidir.

– C'est à propos du Dieu Piteux ?

– Oui, reconnut Simon, étonné.

– J'y ai réfléchi aussi. Je crois que j'ai compris. Ne vous inquiétez pas.

À ce moment, Mauduit entra, et ils se turent.

Une heure plus tard, les policiers étaient réunis dans le bureau de Kowalski.

– Je suis passé voir le légiste avant de venir, attaqua le commissaire. Rien de vraiment neuf. La gamine est bien morte étouffée. Les examens complémentaires n'ont fait que confirmer la violence avec laquelle on lui a enfoncé le visage dans la boue. Nez cassé, vertèbres cervicales fêlées en deux endroits. D'après les traces à l'arrière du crâne, l'assassin s'est carrément servi de ses pieds. En dehors de cela, elle n'a pas été battue. Elle n'a pas non plus été violée. Cette petite était encore vierge.

Le commissaire parlait d'une voix tendue. Les policiers digérèrent en silence les nouvelles qu'il rapportait de la morgue. Ils étaient habitués à la violence, autant qu'on peut s'y habituer, mais l'image de cette jeune fille, presque une enfant, écrasée dans la terre comme un insecte, était difficile à encaisser.

La suite de la réunion fut plutôt décourageante. La police judiciaire avait trouvé des traces de pas dans un sentier, à proximité de la crevasse, mais pas suffisamment précises pour être vraiment exploitables. Deux types d'empreintes, expliqua Mauduit, des petites, qui correspondaient grossièrement à la pointure de la fille, et d'autres plus grandes, aux semelles crantées. Genre chaussures de montagne. Quant à la corde, rien de concluant: elle était usée, avec des résidus de paille pris dans les brins, elle avait dû servir pendant des années. Pas d'ADN non plus, l'assassin portait sans doute des gants.

Tellier quant à lui n'avait recueilli aucune information digne d'intérêt au lycée de Ronville où était scolarisée Nathalie Caspar. La jeune fille lui avait été décrite comme une élève moyenne, un peu égocentrique. «Aguicheuse avec les garçons, mais aussi certains adultes, conclut Tellier. Le directeur m'a dit qu'il avait dû intervenir une fois, dans la cour, à cause de son attitude envers un pion. Mais pas de petit ami connu.»

Kowalski soupira, découragé.

– Quelque chose sur le père?

Une petite lueur dansa dans les prunelles du lieutenant.

– Son chef m'en a parlé comme d'un type un peu falot, sans beaucoup d'imagination. Mais il a été mêlé à un drame, il y a six ans.

Tellier feuilletait son carnet, prenant son temps. Kowalski s'agita sur son fauteuil.

– Ha, voilà, dit Tellier, en posant l'index sur une page griffonnée. À l'époque, Lucien Caspar travaillait à la mine. Comme boutefeu. Son rôle, c'était de placer et de faire exploser les bâtons de dynamite, puis de bien vérifier que le chantier soit sain avant d'y envoyer son équipe. On appelle ça purger : les types prennent une longue tige de métal pour sonder le plafond de la galerie et faire tomber les blocs mal accrochés. Certains disent que Caspar n'avait pas les compétences, qu'il avait obtenu ce poste par piston, grâce à son père, le vieux Charles…

« Quoi qu'il en soit, il a laissé les hommes entrer dans la galerie alors qu'elle n'était pas stabilisée, et tout s'est effondré. Trois morts, dont un jeune apprenti, un gamin. Tous les trois du coin.

– Et Lucien ?

– La jambe en miettes. On lui a posé plusieurs vis. Mais sa responsabilité n'a jamais été mise en cause. On l'a muté dans les bureaux après ça, au sein de l'équipe qui suit les affaires d'ennoyage. Toujours le piston, semble-t-il… Je peux vous dire qu'il doit entendre murmurer dans son dos quand il se balade dans la rue.

C'était donc ça le fameux problème de Lucien Caspar, pensa Simon.

– Vous pensez qu'il peut s'agir d'une vengeance… six ans plus tard ? interrogea Kowalski, sceptique.

Tellier plissa les yeux.

– Nous sommes tous d'accord pour trouver ce meurtre étrange. Comme s'il avait été mis en scène. Rien d'improvisé. Imaginez : quelqu'un perd un être cher, un fils par exemple, à cause d'un incompétent. Et ce dernier n'est pas puni. Il continue de vivre tranquillement sous ses yeux. En famille. Avec sa femme et sa fille. Sa fille qui, elle, est vivante et grandit. L'idée de se venger peut mûrir lentement. Et en mûrissant, elle se sophistique. Au lieu de s'attaquer directement à Lucien, comme on l'aurait fait sur un coup de tête, par désespoir, juste après l'accident, on s'attaque à sa fille. Parce qu'un mort n'éprouve plus rien. Tandis qu'un père qui voit mourir son enfant souffre atrocement.

Tellier s'interrompit brusquement. Le visage de Kowalski s'était figé. Il semblait bouleversé. Simon sentit l'air de la pièce s'épaissir, puis Tellier toussota, gêné, avant de reprendre.

– Et puis, il y a la crevasse… La crevasse, c'est la mine. La petite est morte par la mine, comme les hommes de Caspar.

– Ça se tient, lâcha Kowalski. Mais pourquoi la corde ?

– Je n'en sais rien pour l'instant, reconnut Tellier.

– Tu penses à quelqu'un en particulier ?

– Deux des victimes étaient mariées, avec des enfants qui ont entre douze et quatorze ans aujourd'hui. Je peux me tromper, mais je ne crois pas qu'il s'agisse d'un crime de femme, ou de gamin. Je pense plutôt au père de l'apprenti, Mario Manchini. Il habite Varange. Il paraît qu'il a menacé Lucien après l'accident.

– D'accord Tellier, conclut le commissaire, tu explores cette piste.

Jeanne rapporta ensuite les informations recueillies auprès de Joseph et Sarah Mayer.

– Nous avons fait le tour de leurs voisins immédiats, avant de quitter le village, ajouta-t-elle. Nous avons trouvé un retraité, deux maisons plus loin, qui dit avoir vu Sarah Mayer rentrer chez elle jeudi, vers quinze heures trente. J'ai aussi joint le médecin de famille. Il a confirmé que Sarah l'avait appelé ce soir-là. Pour lui, c'était vers dix-neuf heures plutôt que dix-huit. Mais sa secrétaire était absente, il ne se souvient pas bien.

– Rien ne prouve que son père était avec elle.

– C'est vrai, mais Joseph Mayer ne me paraît pas en état de s'attaquer à une jeune fille. Je ne suis même pas sûre qu'il puisse marcher jusqu'à la crevasse.

– De quoi souffre-t-il ? coupa Kowalski.

Jeanne hésita.

– J'ai l'impression que c'est psychologique. Une sorte de dépression…

– Ce meurtre ressemble à celui d'un déséquilibré, remarqua Kowalski. Mayer est peut-être plus atteint que tu ne l'imagines.

Jeanne jeta un coup d'œil à Simon, se souvenant de ce qu'il avait dit à propos du père d'Alice : qu'il avait senti « quelque chose » chez lui. Mais Dreemer n'intervint pas. L'information devait lui sembler trop vague. Elle poursuivit donc en rapportant les propos d'Élisabeth Messager.

– Pour ce qui est de la personnalité de Nathalie, son analyse confirme les informations de Tellier, conclut-elle.

– C'est déjà ça, soupira Kowalski. Mais il va falloir vérifier qu'il n'existe pas un dossier sur son fils, il a peut-être « collé » d'autres gamines depuis Alice. Et se renseigner sur son emploi du temps jeudi soir. Rien d'autre ?

– Nous sommes aussi allés voir le père Sugères, l'ancien prêtre du village, répondit Jeanne. Mais je préférerais que Simon vous explique.

Dreemer apprécia le passage de relais. Pourtant, lui qui aimait la précision se sentit démuni. L'histoire qu'il allait raconter semblait à la fois anecdotique et invraisemblable. Il fit au plus simple, conscient du regard interloqué de

Kowalski. Le commissaire le laissa aller au bout de son récit, avant de s'exclamer d'un ton rogue :

– C'est quoi cette histoire de statue, de fleurs, de jeu… Vous croyez qu'on a du temps à perdre ?

– Je pense que c'est important, se contenta de répondre Simon.

Les autres attendaient en silence. Simon surprit un sourire sur le visage de Mauduit.

– J'ai remarqué une chose intéressante à propos du Dieu de Pitié, poursuivit-il. Le mieux, c'est que je vous montre les photos.

Dreemer ouvrit son ordinateur portable et fit défiler les clichés qu'il avait pris la veille. Il les avait retravaillés en noir et blanc et avait légèrement poussé le contraste pour accentuer les détails, durcissant les ombres qui creusaient le visage et le corps torturé du christ.

Il avait pris des plans larges, que Kowalski examina sans broncher. Puis des détails. Le commissaire fronça les sourcils. Il fixa les images une à une, puis demanda à les revoir.

– Bon sang !

Kowalski tourna l'écran vers Tellier.

– Les liens…, murmura celui-ci après un moment.

Tous les nœuds et les boucles y étaient. Autour du cou, au niveau du cœur, autour du poignet droit, aux chevilles, entre les deux pieds, sur les genoux, autour du poignet gauche… Le même dispositif savant et insensé que celui qui entravait le corps de Nathalie.

– Qu'est-ce que ça veut dire ? grogna Kowalski.

– Encore une chose, intervint Simon. Je ne sais pas trop quoi en penser, mais le père Sugères nous a appris qu'un meurtre avait eu lieu à côté de la statue, il y a soixante-cinq ans. Un homme a été pendu.

– Bon sang, répéta Kowalski.

– Une histoire liée à la dernière guerre. Un collaborateur exécuté par la Résistance locale.

– Un pendu…

Le commissaire ferma les yeux, l'air soudain épuisé.

– La petite Alice, murmura-t-il, trois hommes tués au fond d'une galerie, et maintenant un pendu… Il y a trop de fantômes dans cette histoire.

9 heures

Depuis que le père Sugères était à la retraite, plus aucune messe n'était célébrée dans l'église de Varange le dimanche. Un prêtre venait de la ville voisine pour les grandes occasions, mariages ou enterrements. Mais Louis avait pris l'habitude de laisser la porte de la bâtisse déverrouillée, même la nuit. On lui avait permis de garder son logement au presbytère; en échange il s'occupait du sanctuaire à sa façon, discrète et amicale.

Ce matin-là, alors qu'il buvait son café dans la cuisine, il entendit le grincement des charnières et le glissement des vantaux de bois sur les dalles de pierre, puis un pas lourd faire écho sous les voûtes de la chapelle. Charlie leva la tête, grogna entre ses dents. Mais le prêtre haussa les épaules.

– Tout va bien, ne t'inquiète pas. Sans doute quelqu'un qui a passé une mauvaise nuit.

Le chien se lova de nouveau à ses pieds, sa petite truffe tachetée enfouie entre les pattes, avec cet abandon que

Louis n'avait jamais vu qu'aux animaux, aux petits enfants et à certains hommes parvenus à la fin de leur vie.

Dans la chapelle, Charles Caspar hésitait, désorienté par la pénombre et le silence qui s'était densifié d'un seul coup lorsque la porte avait claqué. Son souffle résonnait à ses oreilles, comme si quelqu'un respirait à côté de lui. Finalement, il se dirigea vers sa place habituelle : au début du troisième banc, côté des hommes, face à l'autel, et s'assit, les mains serrées entre les cuisses.

Il était venu sur une impulsion et se demandait maintenant ce qu'il faisait là. Sa tête était vide. Pour la première fois de sa vie peut-être, il se sentait totalement désarmé. Pas à cause de la mort de Nathalie, mais de sa propre réaction. Il avait beau essayer de rameuter la tristesse au fond de lui, il n'y parvenait pas. Il avait pleuré lorsqu'il avait appris la nouvelle, des larmes brèves, incontrôlables. Puis plus rien.

Il était pourtant très attaché à cette enfant. Elle se montrait capricieuse, narcissique. Intéressée. Mais si vivante.

Il comprenait aujourd'hui que leur relation reposait sur une sorte de pacte dont il commençait à discerner les termes : il ne lui refusait pas grand-chose, elle lui permettait de la regarder grandir, de côtoyer la liberté et l'inconsciente vigueur de son corps. Il anticipait chacune de ses découvertes. Elle ressemblait tellement à ce qu'il avait été à son âge.

La femme de Charles l'avait traité la veille d'horrible égoïste. Mais, se dit-il, c'est la vieillesse qui est horrible. Un matin, vous vous levez, et votre corps paraît alourdi. Une sensation anodine, presque rien. L'impression de marcher dans de l'eau. Vous avancez, et même à grands pas, mais c'est un peu plus difficile, fatigant. Une douleur s'éveille au bas du dos, et dans l'épaule, à droite, celle qui se lançait en avant à chaque coup de hache dans le bois, chaque coup de pioche dans la terre. Les enfants, que vous avez vus s'émerveiller de tout, de la première neige et des violettes dans les prés, ont la peau qui s'épaissit. Un jour, dans leurs yeux, vous lisez qu'ils vous considèrent comme un vieux. C'est-à-dire plus grand-chose.

Charles se laissa aller en soupirant sur le banc qui grinça sous son poids. Il aurait bientôt fait son temps. Sa femme ne lui avait donné qu'un fils, et son fils n'aurait plus d'enfants. Dans cinquante ans, le nom des Caspar ne serait qu'une inscription en lettres dorées sur le granit d'une tombe.

Face à lui, sur le mur du chœur, le grand tableau à la Madone dessinait un rectangle aveugle, où semblait flotter, imprécis, l'ovale clair du visage. Charles plissa les paupières pour tenter de distinguer ses traits. Les contours se précisèrent une fraction de seconde avant de disparaître aussitôt.

Parfois, il lui arrivait encore de rêver à une vie différente. Avec une femme qui aurait affronté le monde de face. Qui n'aurait pas courbé les épaules jour après jour, jusqu'à devenir cette silhouette tassée et grise qui partageait sa demeure. Parfois il repensait à Mathilde. Mathilde était d'ailleurs, du Pays-Haut où les fenêtres des fermes ouvrent en grand sur la terre grasse du plateau. Pas de ce village coincé dans un trou. Mathilde regardait toujours un peu au-dessus des autres.

Il l'avait trouvée si légère ce matin-là, quand il l'avait portée dans ses bras. Malgré le froid glacial, il s'était débarrassé de son manteau et l'avait emmitouflée dedans, enveloppée dans ses bras, serrée contre sa poitrine pour tenter de lui transmettre un peu de chaleur. Les longs cheveux de la jeune femme étaient retombés sur son visage, mais il avait vu la couleur de sa peau lorsqu'il avait essuyé son front de sa main. Blanche, exsangue. Le visage d'une morte.

Charles baissa la tête, le menton enfoncé dans le col de son manteau. Ces vieilles histoires revenaient le hanter de plus en plus souvent. Il avait suffi que Louis parle de la découverte du jeu du pendu, près du vieux chêne, pour que les images s'imposent. D'une violente précision. Johann, pantin ballant au bout de son fil, ses chaussettes blanches, souillées de terre, tombées sur ses chevilles nues. Et à ses pieds, recroquevillée dans la neige, Mathilde.

Ils avaient cru qu'elle ne survivrait pas. Elle était demeurée inconsciente plusieurs semaines. Mais Charles avait fait en sorte qu'on s'occupe d'elle. Il était encore auréolé de son prestige de résistant, on l'avait nommé maire provisoire, et le temps que le préfet puisse retourner à Metz et reprendre en main l'administration, il était chargé de maintenir l'ordre dans le village.

Quelle étrange période c'était ! Plus personne ne savait où se trouvait la frontière. Un jour, des automitrailleuses allemandes s'aventuraient dans le village. Le lendemain, les Américains déboulaient dans des véhicules de reconnaissance blindés. Un de ses copains, un jeune gars de dix-sept ans, était monté dans un de leurs camions pour les guider vers le Luxembourg. Il n'était jamais revenu. Ses parents avaient appris plus tard que le groupe était tombé sur une patrouille allemande. Le gamin avait été touché, les Américains l'avaient laissé à terre, se vider de son sang.

Ils étaient si jeunes à l'époque, ils voulaient tout avaler ! Charles avait-il seulement réalisé ce qu'il risquait en entrant dans la Résistance ? Aujourd'hui il savait. Les interrogatoires, les camps de concentration. Deux hommes de son groupe avaient été déportés. Armand Keller était revenu, mais dans quel état. Lorsqu'il était descendu du train, ce jour de novembre où on ne l'attendait plus, il se tenait à la poignée de la porte comme un vieux, et ses pas hésitants, son dos voûté, son regard perdu étaient ceux d'un vieillard. Avant de le déporter, les Allemands l'avaient interrogé au fort de Queuleu, à Metz. On l'avait laissé debout durant des jours, un bandeau sur les yeux. On ne lui retirait le bandeau que pour les interrogatoires. Ses yeux étaient restés collés de pus pendant toute sa détention.

Armand posait tellement de questions. Toutes sortes de questions. Charles ne pouvait pas lui répondre. Parce que le pire n'était pas arrivé pendant l'Occupation. Le pire était arrivé quand les Allemands étaient partis.

Charles secoua la tête et se redressa sur le banc, étirant ses muscles engourdis par l'immobilité et le froid. Il fallait qu'il se reprenne. Il y avait plus urgent à penser. Il entendit les cloches se mettre en branle au-dessus de sa tête. Le premier coup de dix heures sonna. Il laissa les tintements s'égrainer l'un après l'autre, assourdis par les voûtes de l'église, puis se leva.

Ce jeu du pendu, dont lui avait parlé le père Louis, ne pouvait pas être une coïncidence. Mais qui avait intérêt à réveiller ces vieilles histoires ?

Un rayon de soleil perça brusquement la grisaille des vitraux qui ornaient le chœur. Il glissa le long du mur nord, éclairant d'une lumière frisante les tableaux du chemin de croix. Charles se sentait si fatigué. Rien à attendre de l'avenir. Et cette peur qui remontait du passé. Il crut entendre un gémissement. Mais ce n'étaient que les gonds d'une porte qui grinçaient. Le père Louis sortait pour sa promenade matinale.

17 heures

Simon et Jeanne attendirent la fin de l'après-midi avant de prendre la route de Varange. Dreemer voulait être sûr de trouver Sarah Mayer chez elle. C'est lui qui avait suggéré cette visite. « Elle est historienne, avait-il rappelé, elle s'est peut-être intéressée au passé du village, à la Seconde Guerre mondiale. Elle pourrait nous donner des informations sur le pendu de 44. Ça vaut la peine d'essayer. » Jeanne avait proposé d'appeler plutôt les archives, mais Simon était pressé. Il faudrait des jours avant qu'on exhume ces vieux dossiers.

La jeune femme était réticente, sans pouvoir démêler ce qui provoquait sa réaction, l'idée de retourner au village ou celle de revoir Sarah. Enfants, elles n'avaient guère été proches. Mais qui pouvait se dire proche de Sarah alors ? Elle semblait si détachée de ce petit monde brouillon où la plupart des enfants pataugent, si étrangère aux maladresses de son âge qu'elle vous donnait toujours la sensation d'être bafouillant et confus.

Jeanne était tout de même passée aux archives départementales où on lui avait confirmé, après plus d'une heure d'attente, que chercher les informations demandées nécessiterait du temps. À son retour, elle avait trouvé Simon dans son bureau. Basculé en arrière dans un fauteuil, les paupières fermées, le casque de son baladeur sur les oreilles, il paraissait ne pas avoir bougé depuis qu'elle l'avait laissé.

Sans qu'ils se concertent, à la sortie du commissariat, Dreemer prit les clés de la voiture et s'installa au volant. Il semblait absorbé dans ses pensées, mais alors que la voiture quittait l'autoroute, il finit par se tourner vers Jeanne.

– Que s'est-il passé avec Kowalski ?

La jeune femme se redressa légèrement sur son siège.

– De quoi voulez-vous parler ?

– Ce matin, pendant la réunion…

Jeanne se contenta de hocher vaguement la tête. Mais Simon ne se laissa pas décourager.

– Un moment, Tellier a parlé de la douleur de perdre un enfant. Kowalski paraissait secoué.

– Je ne vois pas…

Elle répondait évasivement à ses questions, les yeux fixés devant elle, tandis qu'il suivait les panneaux indicateurs sur le bord de la route, cherchant à reconnaître le nom des villes qu'ils traversaient. Ils longèrent une friche industrielle jonchée de ferraille. Des tronçons de rails qui ne menaient nulle part brillaient dans l'herbe sale. C'était une région faite de pièces et d'accrocs. Couleur de rouille. Couleur de terre et de forêt.

Simon reprit, impatient.

– Vous voyez exactement ce que je veux dire.

Ils passèrent devant un lotissement, puis débouchèrent sur le plateau. Le ciel était bas, uniformément couvert de nuages blancs. Jeanne contempla les champs labourés qui s'étiraient sans relief jusqu'à la lisière des bois. Puis elle se décida.

– Kowalski avait une petite fille. Lisa. Elle est morte il y a trois ans.

– Elle était malade ?

Jeanne secoua la tête.

– Non, un accident. Elle s'est noyée dans la baignoire… Pendant que sa mère téléphonait.

Simon haussa les épaules, l'air désabusé.

– Un accident… C'est ce qu'on dit toujours.

– Lisa avait dix mois, protesta Jeanne. Une minute d'inattention suffit.

Elle l'observa tandis qu'il gardait les yeux rivés à la route. Ses cheveux courts dégageaient un visage fortement charpenté, front large, mâchoires carrées, mais vu de profil, il semblait curieusement fragile. Elle remarqua sur sa joue une petite fossette, à peine ombrée, à laquelle elle n'avait pas prêté attention jusque-là.

– Je sais ce qui s'est passé à Paris, dit-elle doucement. Est-ce cela qui vous rend amer ?

Pour la première fois depuis l'arrivée de Simon en Lorraine, quelqu'un lui parlait de la mort de Jérémie. Il aurait dû se sentir soulagé. Mais la colère lui serra la gorge.

– Pas seulement.

– Alors quoi ?

Il tenta de se contenir, mais son intonation le trahit.

– Que croyez-vous ? Que toutes les mères sont de bonnes mères ? Qu'une mère aime toujours son enfant ? Ne lui fait jamais de mal ?

– Je ne sais pas.

– Bien sûr que vous savez. Tout le monde croit savoir : une mère aime son enfant. C'est une évidence, une loi de la nature !

Jeanne s'était tournée vers la fenêtre. Lorsqu'elle répondit, ce fut d'une voix retenue.

– Tout le monde, c'est comme personne, ça ne veut rien dire. C'est comme jamais, toujours. Bien, mal. Noir, blanc. Aimer…

Elle appliqua sa main sur la vitre froide.

– Ma mère m'aimait. Mais quand je faisais une bêtise, elle allumait la cuisinière et tenait ma paume au-dessus du feu. Pour que je comprenne comment ce serait en enfer. Un jour, elle l'a trop approchée. J'ai senti l'odeur de ma peau qui brûlait…

Dix minutes plus tard, ils parvenaient au domicile des Mayer. Alors que Simon ralentissait pour se garer sur le bas-côté, ils aperçurent Sarah devant la porte, conversant avec un petit homme trapu vêtu d'une canadienne. Il portait un gros bonnet de laine grise enfoncé jusqu'aux yeux, mais au moment où il se tournait vers la voiture, Jeanne lui trouva une allure familière.

À l'extérieur, l'air s'était radouci.

– Vous sentez ? demanda Jeanne à Simon.

Il perçut une odeur de fumée. Mais autre chose aussi, de mouillé et de fade. Il l'interrogea du regard.

– L'odeur de la neige. Elle va bientôt tomber, dit-elle avec un sourire de petite fille.

Sarah s'avançait vers eux à pas lents, vêtue d'un long manteau de laine noire et d'une écharpe de cachemire bleu gris qui soulignait son teint mat. Simon la rejoignit au milieu de la rue.

– Vous partiez ?

– Est-ce moi que vous veniez voir, ou mon père ? l'interrogea-t-elle d'un ton abrupt.

Ses yeux étaient cernés, elle paraissait tendue, fatiguée.

– Nous ne sommes pas là pour votre père, la rassura Simon. Nous avions seulement besoin de votre aide… pour une question, disons… d'histoire.

La jeune femme lui jeta un regard étonné, puis se tourna vers l'homme qui se tenait à côté d'elle.

– Tonio Sanzoni, un ami de mon père… Tonio, voici les enquêteurs dont je vous ai parlé.

« Je suis navrée, poursuivit-elle, mais je n'ai pas beaucoup de temps. Tonio a rendez-vous à la mairie pour une réunion sur l'ennoyage. Il m'a demandé de l'accompagner.

– Nous en avons pour une minute, précisa Simon. Nous voulions savoir si vous avez travaillé sur l'histoire du village… la Seconde Guerre mondiale ?

Jeanne remarqua qu'il formulait sa question d'une manière volontairement vague.

– Non, pas vraiment, répondit Sarah. Mon domaine d'étude, c'est plutôt le Moyen Âge. Les débuts de la chrétienté, les rapports avec le paganisme, ce genre de sujets.

Simon esquissa une moue désappointée.

– Vous pourriez aller voir Armand, suggéra Tonio.

Sarah acquiesça.

– C'est une bonne idée. Armand Keller est une sorte d'archiviste. Pas un historien professionnel, mais il a réuni une quantité impressionnante de documents anciens, notamment sur Varange. Quoi que vous cherchiez, il pourra sans doute vous aider. Il habite le haut du village. Accompagnez-nous, si vous voulez, je vous montrerai où se trouve sa maison.

Ils se mirent en route. Tonio Sanzoni marchait d'un pas lourd près de Jeanne à qui il s'adressa avec un sourire.

– Vous êtes la fille de Pascal, n'est-ce pas ?

Elle reconnut immédiatement sa voix rocailleuse de vieux fumeur, teintée d'un discret accent italien. L'homme était légèrement plus petit qu'elle, tassé par l'âge, mais d'une carrure impressionnante. Son visage tanné se plissait de rides.

– Vous travailliez avec lui, je m'en souviens maintenant.

Le sourire de Tonio s'accentua.

– J'ai changé, mais toi aussi… Quand tu étais petite, tu ressemblais à un faon. Les yeux te mangeaient le visage, tu tremblais dès qu'on te parlait. Et maintenant tu travailles dans la police. Si ton père te voyait !

Jeanne baissa la tête. Ce vertige qu'elle avait ressenti chez Élisabeth Messager la reprenait. Cette enquête commençait à ressembler à un jeu de piste qui empiétait sur les territoires de son enfance.

– La réunion à laquelle vous allez assister, vous disiez qu'elle a un rapport avec l'ennoyage ? intervint Simon.

– Ils vont arrêter les pompes à la fin de l'année prochaine, expliqua Tonio. Sous le village, c'est un vrai gruyère : des galeries partout. Elles seront bientôt envahies par l'eau.

– Vous craignez des effondrements ?

– Personne ne sait à quoi s'attendre, soupira Tonio, c'est justement le problème. Les cartes ne sont pas très précises. Le secteur est ancien, il a été exploité dans les années quarante, puis soixante, Sarah possède toute une bibliothèque là-dessus… Il reste bien des entrées sur le plateau, mais, la plupart du temps, les plafonds sont effondrés. On ne peut pas descendre plus loin que quelques mètres. Les géologues demandent aux mineurs de les aider, mais il y a des coins où personne n'a jamais mis les pieds.

– Que va-t-il se passer ? Ils laisseront tout de même l'eau monter ? demanda Simon.

– L'objectif n'est pas de protéger les maisons, remarqua Sarah, mais d'évaluer les risques.

– Il paraît que ça reviendrait trop cher de continuer à pomper, ajouta Tonio, amer. Évidemment, maintenant qu'il n'y a plus d'argent à gagner, personne n'en a rien à foutre… Vous vous rendez compte ? On a fichu notre santé en l'air pour la mine. Essayez de deviner combien d'hommes sont encore vivants parmi ceux de mon équipe ? Deux sur dix. Moi et Joseph, le père de Sarah. Et lui, il a trinqué, ça, je peux vous le dire.

Tonio se racla la gorge. Jeanne entendait l'air siffler dans sa gorge.

– Vous savez comment ça se passait quand un homme avait un accident ? Son meilleur copain allait prévenir la famille. Je l'ai fait deux fois, je ne l'ai jamais oublié. Sonner à la porte d'un gars, avec sa musette à la main, et attendre que sa femme ouvre… Elles comprenaient tout de suite, pas besoin de faire un dessin. Elles voyaient la musette, et elles savaient que leur homme ne rentrerait pas.

Il désigna Sarah du menton.

– Quand Joseph s'est pris ce bloc sur la jambe, c'est elle qui a ouvert. Elle a hurlé, hurlé si fort que j'ai dû lui mettre une main sur la bouche !

Sarah effleura le bras du vieil homme. Après quelques pas, elle reprit la conversation de sa belle voix aux inflexions basses, un peu rauques, que Simon avait trouvée si séduisante lorsqu'il l'avait entendue la première fois.

– Les géologues doivent réaliser des sondages, précisa-t-elle. Nous craignons que le village soit classé en zone rouge. Si c'est le cas, il sera sous surveillance permanente :

plus moyen de construire, de vendre… Les maisons perdront toute leur valeur.

Elle secoua la tête. Une mèche, échappée de son chignon, tomba sur son front.

– Mais il peut y avoir pire. Quand les risques sont trop importants, on exproprie les gens. Des rues entières ont été évacuées après l'ennoyage du bassin sud.

La mèche voletait devant ses yeux. D'un geste lent, elle défit le peigne qui retenait ses cheveux, attrapa leur lourde masse d'une main et les renoua derrière sa nuque. Puis elle se tourna vers Simon. Pour la première fois, il remarqua deux rides creusées au coin de sa bouche.

– Le quartier où mes parents vivaient au début de leur mariage a été condamné. Des camions sont venus, on a entassé les meubles et tout le monde est parti. Puis les portes et les fenêtres ont été murées. C'était une cité ouvrière construite après guerre pour accueillir les mineurs. Ensuite, on a encouragé les gens à acheter leur logement. Mais personne n'a parlé des risques.

– C'est du solide ! Voilà ce qu'on nous disait, intervint Tonio avec un sourire désabusé. Les gars ont bousillé leur vie à travailler au fond, tout l'argent qu'ils ont gagné, ils l'ont mis dans leurs maisons, et maintenant que les mines sont fermées, les maisons s'écroulent !

Le vieil homme se racla la gorge avant de cracher par terre avec colère.

Depuis la fenêtre de sa chambre, Joseph Mayer les avait regardés partir, puis était retourné s'allonger sur son lit. Il s'était prétendu trop fatigué pour aller à la mairie. Sarah n'avait pas insisté. Il sentait bien qu'elle préférait le savoir à la maison. Surtout si les policiers se trouvaient dans le coin. Elle était contrariée à cause de Nathalie, mais que pouvait-il y faire? Il avait tenté de parler avec elle, elle avait écarté le sujet avec humeur.

Joseph ferma les yeux et reprit son errance immobile. Les pensées se bousculaient dans sa tête, s'égaraient mais finissaient toujours par revenir à la même certitude, angoissante et incompréhensible. L'odeur était réapparue. Douceâtre et légèrement écœurante. L'odeur de la mine.

17 heures 30

Quelques mètres avant la mairie, Sarah obliqua dans une ruelle aux pavillons récents. Entre les façades, on apercevait le crassier, de l'autre côté de la départementale. La butte grise semblait très proche, comme si la lumière tombante écrasait les perspectives, son sommet aplati se confondant avec le bord du plateau sur lequel elle s'appuyait. Des arbres avaient poussé sur ses pentes poussiéreuses.

La maison d'Armand Keller se trouvait un peu plus loin. Alors que Jeanne se dirigeait vers la sonnette, Simon regarda Sarah s'éloigner. Légèrement penchée vers Tonio, elle accordait son pas à celui de son compagnon, semblant suivre avec attention ses paroles. Il se souvint de son invitation à venir la voir, lorsque l'affaire serait résolue, et se demanda si elle y pensait toujours.

Keller était un homme frêle, aux épaules voûtées. Il parut reconnaître Jeanne aussitôt qu'il ouvrit la porte. Comme tout le monde à Varange, il devait être averti de son retour dans le village. D'allure soignée, il portait une chemise blanche et une cravate à chevrons, un peu démodée, sous son pull anthracite, et ne cessait de remonter ses lunettes à verres épais sur l'arête de son nez. Jeanne se dit qu'il avait tout du vieil archiviste, mais tandis qu'elle exposait leur requête, elle avait beau fouiller sa mémoire, elle n'arrivait pas à faire coïncider sa silhouette chétive avec une quelconque image du passé.

Il les guida dans un petit salon, à l'arrière de la maison. Une femme était assise dans un fauteuil près de la fenêtre, enveloppée d'une épaisse robe de chambre à carreaux roses et violets, les mains posées sur l'étole de laine qui couvrait ses jambes.

Armand se pencha vers elle et lui toucha l'épaule.

– Regarde, Geneviève, c'est Jeanne, Jeanne Modover. La fille de Pascal.

Les yeux de Geneviève vacillèrent vers la jeune femme.

– Elle est contente… Voulez-vous boire quelque chose ?

Jeanne secoua la tête.

– Alors, montons dans mon bureau.

Jeanne et Simon grimpèrent derrière lui un petit escalier qui débouchait dans un réduit encombré. Tandis qu'Armand Keller allumait plusieurs lampes éparpillées dans la pièce, Jeanne regardait autour d'elle avec surprise. Par terre s'entassaient des piles de livres et de revues, des sacs de plastique bourrés de papiers. Sur les étagères et le bureau, de vieilles boîtes de médicaments traînaient parmi les classeurs et les chemises cartonnées. Mais chacune de ces chemises et chacun de ces classeurs était étiqueté et semblait tenu avec minutie, en une déconcertante combinaison de précision méticuleuse et de désordre absolu.

La jeune femme s'approcha d'une étagère, captivée. S'y alignaient des documents concernant l'histoire récente. Mais également des dossiers sur la guerre de Trente Ans, les émigrés de retour après la Révolution française… Remarquant son intérêt, Armand choisit un dossier et se mit à le feuilleter, les yeux brillants.

– Regardez celui-là. Il concerne les fonctionnaires de l'Ancien Régime. On était douanier de père en fils à l'époque ! Je sais tout sur eux, leur taille, leur salaire… Il y a aussi des appréciations. Vous voyez, là ? « Travaille beaucoup, mais confiance limitée, car s'adonne à la boisson. »

Dans les classeurs, les notes prises à la plume alternaient avec les photocopies de vieux ouvrages d'histoire ou d'archives paroissiales. Armand Keller tendit à la jeune femme le journal tenu par un instituteur du village à la fin des années 1800. Elle feuilleta le cahier avec précaution, fascinée par les lignes serrées, tracées à la plume, qui racontaient des fêtes paroissiales où l'on chantait des hymnes en allemand, des cours annulés pour cause de « recensement de bétail », le départ d'un pasteur victime des « langues calomnieuses » de certains de ses paroissiens… Mais Simon s'impatientait.

– Monsieur Keller ?

Le vieillard se tourna vers lui, un classeur à la main.

– Pouvons-nous en venir à notre affaire ?

Armand reposa le dossier qu'il s'apprêtait à ouvrir. Son regard s'éteignit.

– C'est vrai, pardonnez-moi.

Il se laissa tomber sur une chaise à côté d'un ancien bureau à cylindre. Il semblait si vieux, si fragile. Jeanne jeta un regard irrité à Simon. Celui-ci avait attrapé un carton et s'était assis sous le vasistas d'où tombaient les derniers rayons d'une lumière grise. L'ombre donnait à son visage une expression butée.

Le vieillard demeura un moment silencieux, semblant rassembler ses souvenirs.

– Le pendu de Noël… murmura-t-il.

– Comment ? réagit Simon.

– Cet homme, dont Jeanne a parlé tout à l'heure, a été pendu la nuit de Noël.

– Est-ce que vous avez des informations sur cette exécution ? demanda Jeanne.

– Je ne sais pas grand-chose, répondit Armand Keller en se laissant aller contre le dossier de son fauteuil. J'ai été déporté pendant la guerre. Le garçon s'appelait Johann Ziegler. Il avait vingt-trois ans quand il est mort. On l'a retrouvé accroché dans le vieux chêne au petit matin. Près de l'arbre était posé un écriteau qui disait quelque chose comme : *À mort le collabo.*

– La Résistance ? interrogea Simon.

– C'est ce qu'on a raconté à l'époque.

– Mais ?

– Les choses sont sans doute un peu plus compliquées. Le départ des Allemands a permis bien des règlements de comptes.

Keller retira ses lunettes pour frotter ses yeux aux paupières rougies.

– Il faut que vous compreniez. Ici, c'était l'Allemagne. On avait retrouvé les frontières d'avant 1918. L'administration était allemande, l'école était allemande, la langue était l'allemand. Les noms avaient été germanisés. Ceux des gens, des villes, même des rues. Tout le monde, y compris les enfants, était embrigadé dans des formations paramilitaires : la Frauenschaft, la Hitler-Jugend… On n'avait même pas le droit de porter un béret.

Il s'interrompit un moment, puis reprit, plus lentement.

– On était surveillés, épiés. La frontière avec la France se trouvait juste à la sortie du village, le long du crassier. Une dizaine de douaniers allemands étaient casernés ici, pour la plupart des braves types d'ailleurs, des anciens de la Wehrmacht. Mais il y avait aussi des Shupo – des policiers – et des membres de la Gestapo. Le moindre problème, c'était l'arrestation, l'exil, la déportation. Un mot de travers, on vous supprimait vos bons d'achat, on refusait des soins à votre femme. Des collaborateurs, des vrais, il en existait bien sûr. Mais la plupart des gens ont simplement fait avec. Les familles déportées les ont blâmés ensuite. Elles sont revenues avec des sentiments de rancœur. Pourtant, il ne s'agissait que de survivre…

Armand ferma les yeux. Il avait fallu si longtemps pour qu'ils sortent du silence. Pour qu'ils comprennent. Ceux qui étaient partis, comme ceux qui étaient restés, avaient également souffert de cette guerre honteuse. Ils étaient tous victimes.

– Johann a fait avec ? le relança Simon.

– Il tenait le petit café, au bord de la départementale. C'est vite devenu le lieu de rendez-vous des douaniers et des policiers allemands. Et il a fait avec, oui. Beaucoup de commerçants ont été déportés et remplacés par de bons Allemands. Pas lui.

– Il devait être aimable avec les clients…

– C'est ce qu'on disait. Et sa femme aussi. Une très belle femme à ce qu'il paraît. Ils s'étaient rencontrés au début de la guerre. Ambitieuse. Ils ont gagné beaucoup d'argent.

– Les jaloux ne devaient pas manquer… A-t-on une idée de qui a fait le coup?

Armand soupira.

– Difficile de vous répondre… Cette époque n'est pas si lointaine, nous sommes encore nombreux à l'avoir vécue. Pourtant, ces témoins-là sont souvent moins fiables que ceux d'il y a cent ou deux cents ans.

– Comment cela ? demanda Jeanne.

– Après la guerre, à mon retour, je me suis occupé un moment des demandes de papiers des déportés. Les gens me disaient qu'ils étaient partis à telle époque, avec tels voisins. Souvent ils se trompaient, confondaient les dates, les personnes. J'ai dû tout recouper. Les noms… les noms ne veulent rien dire. Qui était de retour ce Noël-là, qui était vraiment résistant, qui en voulait à Johann Ziegler ? La mémoire, les souvenirs… c'est confus. C'est changeant. Arrangeant. La seule chose qui compte, c'est ce qui est écrit.

Armand remit ses lunettes, effleurant du regard les dossiers entassés sur les étagères.

– Oui, une fois que c'est écrit, c'est écrit.

Lorsque Jeanne et Simon quittèrent la maison des Keller, les premiers flocons tombaient. La neige, légère, tourbillonnait dans la lumière jaune des lampadaires avant de s'effacer en eau à peine touché le sol.

– On se promène un peu ? suggéra Jeanne.

Simon acquiesça. Il étouffait encore. Toute cette poussière, ce désordre, cette odeur de vieux… Il prit une grande inspiration et suivit la jeune femme. En contrebas, on entendait le bruit des voitures sur la départementale.

– Quand la mine était ouverte, racontait Jeanne, c'est sur cette route que passaient les ambulances. Lorsque les sirènes hurlaient, on savait qu'un accident avait eu lieu.

Plus les sirènes étaient nombreuses, plus l'accident était grave. Si c'était la nuit, on ne dormait plus.

– Tout ça, ce sont des vieilles histoires, coupa Simon.

– Pardon ?

– Tout ça, la guerre, la Résistance, ce sont de vieilles histoires. Notre morte est bien d'aujourd'hui.

Il ne l'avait même pas écoutée. Jeanne fut blessée, comme un enfant qui offre un cadeau et le retrouve le lendemain relégué dans un coin. Combien de nuits elle avait passées, couchée à plat sur le dos, à guetter le bruit des sirènes ! Si elle écoutait bien, se disait-elle, si elle était attentive, elles ne hurleraient pas. Et il n'arriverait rien.

La rue se terminait en impasse un peu plus haut, devant une maison blanche aux grandes baies vitrées. Mais Jeanne fit demi-tour avant qu'ils n'y parviennent.

– Ces histoires ne sont pas si vieilles, répliqua-t-elle sèchement. Mon père m'a raconté qu'il trouvait parfois des casques à pointe au fond de la mine, accrochés sur des piques à l'endroit où les galeries passaient de la Meurthe-et-Moselle à la Moselle. Le reste de la Lorraine continue de nous considérer comme des Boches, par ici. Sans compter les lettres anonymes qui ressortent à chaque élection municipale: un tel faisait du trafic pendant la guerre, une telle couchait avec les Allemands…

– Qui cela concerne-t-il aujourd'hui? Je vois mal des hommes de l'âge d'Armand Keller entraîner une gamine en forêt pour régler des comptes remontant à la guerre !

– Vous sembliez pourtant penser hier que rien n'était évident dans cette affaire.

– C'est vrai, répondit Simon, en hésitant pour la première fois. Je ne sais pas… Ce soi-disant jeu du pendu, qui apparaît quarante-huit heures après le meurtre… J'ai l'impression qu'on nous balade.

– Je crois qu'Armand ne nous a pas tout dit.

– Pourtant, il en avait des choses à raconter ! Ce ne doit pas être souvent qu'on s'intéresse à ses vieux papiers.

Simon avait retrouvé son ton cassant. Jeanne accéléra le pas. La neige avait cessé de tomber, l'air était humide, désagréable.

– Je retournerai peut-être le voir. Seule.

– Vous pensez qu'il parlera plus facilement ?

– Peut-être. J'ai un bon contact avec les personnes âgées.

– Pas moi ?

– Vous, vous n'avez pas un bon contact avec grand monde.

Dreemer s'arrêta brusquement, puis éclata d'un rire franc.

– Vous ne dites pas souvent ce que vous pensez, mais quand vous le dites, ça vaut la peine !

Mardi 14 décembre

6 heures 30

Ça n'avait aucun sens. Foncer en pleine nuit sur une simple intuition. Pourtant, tout le monde avait répondu sans protester à l'appel de Kowalski et pris la route. Simon dans la voiture du commissaire, Tellier et Mauduit de leur côté.

Jeanne était partie devant. La jeune femme avait eu l'idée de contacter le père Sugères. Ils attendaient de ses nouvelles. Alors qu'ils quittaient la ville, le portable de Kowalski sonna. Il écouta en hochant la tête, puis répondit d'une voix brève.

– D'accord, Jeanne, passe le prendre. On arrive.

Il raccrocha. Son profil se détachait sur la vitre de la voiture au rythme des flashes de lumière projetés par les lampadaires. La chair effacée dans l'ombre, les contours précis et durs.

Simon imagina le prêtre, surpris en plein sommeil par la sonnerie du téléphone, dénouant ses muscles raidis pour aller décrocher, inquiet. Il se laissa glisser sur le siège, le bas du visage enfoncé dans le col de son gros pull de laine, et plissa légèrement les paupières pour protéger ses yeux des lueurs vives des phares qui frappaient le pare-brise. Kowalski et lui n'échangèrent pas un mot jusqu'à leur arrivée à Varange.

Les voitures de Jeanne et de Mauduit étaient garées l'une derrière l'autre, en haut de la Grand-Rue, à la limite de la forêt. Tous deux étaient restés au chaud, à l'intérieur. À côté de la jeune femme, Simon distingua la silhouette trapue du père Sugères. Tellier piétinait un peu plus loin, en tirant sur une cigarette. L'odeur âcre portée par le vent rassurait Simon, seul point d'accroche familier dans cette entreprise surréaliste.

Les portières des voitures claquèrent, ils se rassemblèrent au milieu du chemin. Bien qu'ils se soient habitués à l'obscurité, chacun distinguait à peine le visage des autres. Un léger mouvement attira le regard de Simon au ras du sol. Le prêtre avait emmené son chien. Le petit jack russell était aussi silencieux qu'une ombre.

Kowalski reprit les informations qu'il leur avait rapidement données au téléphone.

– La gendarmerie m'a prévenu vers cinq heures et demie. Une adolescente a disparu depuis hier, autour de dix-sept heures trente. Elle n'est pas rentrée à la maison après les cours. Elle s'appelle Odile Monchau, elle a quinze ans.

Personne ne fit de commentaire.

– Elle habite Ronville, poursuivit Kowalski. Les gendarmes ont d'abord pensé à une fugue, mais ça n'a pas l'air d'être le genre de la gamine. Par contre, il semblerait qu'elle aime se promener en forêt. Ils ont décidé de fouiller en priorité les environs de la maison, dans un périmètre de dix kilomètres.

– Logique, lâcha Tellier.

– Elle est jeune, blonde, scolarisée dans le même lycée que Nathalie, continua Kowalski. Je n'en sais pas plus. Il n'y a peut-être aucun rapport entre les deux affaires, mais je n'aime pas ces coïncidences.

Le commissaire se tourna vers le père Sugères.

– Est-ce que vous accepteriez de nous guider? Le lieutenant Modover dit que vous connaissez les bois mieux que personne.

Le vieux prêtre se tenait appuyé sur une canne en bois, les mains jointes sur la crosse, tête baissée.

– La forêt est grande, finit-il par murmurer d'une voix hésitante. Il existe plusieurs secteurs d'effondrement.

– Ronville est de l'autre côté du plateau. Si la gamine est entrée dans les bois depuis le lycée, elle a pu arriver du côté des Trois-Chemins, suggéra Jeanne.

– Peut-être. Laisse-moi réfléchir…

À travers son pantalon de velours, le vieil homme sentait le flanc chaud de Charlie collé contre sa jambe. Il s'agenouilla pour le caresser. Le commissaire devait se tromper. Les jeunes filles blondes se comptaient par dizaines. Pourtant, il sentait l'inquiétude le submerger.

Le lycée… Ronville… Les Trois-Chemins. Il connaissait deux zones de crevasses par là-bas. Lesquelles étaient les plus larges, les plus profondes? Il souffla bruyamment, puis se releva.

– On va prendre les voitures. Je vous montrerai la route.

Le petit groupe se répartit dans deux véhicules. Jeanne avait spontanément tendu ses clés à Simon. Il prit le volant – Louis assis à côté de lui, Charlie à ses pieds, la jeune femme à l'arrière. Kowalski monta dans la voiture de Mauduit, avec Tellier.

Simon conduisait lentement, attentif aux indications du prêtre. Ils firent demi-tour pour ressortir du village, puis empruntèrent sur la droite la départementale qui grimpait à travers la forêt. Lorsqu'ils débouchèrent sur le plateau, le ciel leur sembla d'un seul coup plus lumineux. Jeanne sentit, plus qu'elle ne vit, l'ondulation noire des champs labourés sur sa gauche. Après quelques kilomètres, ils traversèrent un village aux fermes ramassées.

– Ça va être à droite, la prochaine, indiqua le prêtre.

Simon activa son clignotant, puis tourna doucement, vérifiant que Mauduit suivait toujours. Des deux côtés de la route, les maisons se faisaient rares.

– Ralentissez, on arrive sur un chemin de terre.

La voiture se mit à cahoter.

– Une centaine de mètres encore... Là... Garez-vous. Après, le passage se rétrécit.

Ils sortirent des véhicules. Dans le chemin, la neige avait fondu, transformant les ornières en tranchées boueuses.

– Je vais marcher devant, dit Louis, en allumant une lampe de poche. Il faut compter une demi-heure.

Ils avancèrent en troupe compacte, chacun éclairant le sol devant ses pieds pour éviter de trébucher. Simon avait sorti la Maglite qui ne le quittait jamais. Un souvenir lui revint, précis. Il devait avoir neuf ans et randonnait en montagne avec son père. Ils avaient quitté le refuge avant l'aube pour arriver au sommet en début d'après-midi. Mal réveillé, Simon se sentait engoncé et sale d'avoir dormi dans ses vêtements et respiré l'air confiné de la chambre collective. Il trébuchait sur le chemin caillouteux, oppressé par la silhouette pesante des montagnes tout autour. Le faisceau de sa lampe frontale éclairait ses pieds comme aujourd'hui, se balançant au rythme de ses pas, et à force de le fixer, la nausée le gagnait.

Louis progressait en tête, du pas régulier des marcheurs. Bientôt, le chemin s'élargit jusqu'à une sorte de croisement d'où partaient trois routes de même importance. Ils prirent celle de gauche, parcourant une cinquantaine de mètres. Le passage ne se trouvait plus très loin. Louis observa le ciel. Environ huit heures. Le soleil se lèverait dans quelques minutes, facilitant leur progression.

Le prêtre leva la torche pour fouiller la lisière de la forêt, balayant les arbres qui tendaient vers eux leurs branches griffues. Une trouée sombre. C'était là. Les autres se serrèrent autour de lui.

– Il va falloir suivre un sentier maintenant. Étroit et accidenté. Les crevasses sont plus loin. Le mieux serait qu'on s'arrête un peu pour attendre le jour.

Kowalski leva la main, comme pour protester, mais Jeanne intervint.

– Le père Sugères a raison, on n'y verrait rien. Et puis s'il y a quelque chose... des empreintes... Il ne faudrait pas brouiller les traces.

Tellier sortit son paquet de cigarettes et le tendit à la ronde. Seul Louis se servit. L'inspecteur fit claquer une allumette. L'odeur de soufre et de tabac réchauffa la nuit. Ils se tenaient en cercle, les mains dans les poches, sans rien dire, Mauduit sautillant sur place pour lutter contre l'engourdissement. Simon distinguait maintenant les visages de ses compagnons. Jeanne lui sourit. Avec le soleil qui se levait, les choses retrouvaient peu à peu leur normalité.

Ils attendirent que les premiers rayons glissent le long des troncs dénudés pour se remettre en marche. La première crevasse se trouvait tout près, sur la droite. Tellier et Simon se penchèrent pour écarter les branchages qui la recouvraient. Une forte odeur de terre monta de la fissure qui tailladait le sol sur deux mètres. Rien.

Trop étroit, songea Simon.

Ils continuèrent ainsi, suivant grossièrement une ligne est/nord-est. Quatre autres crevasses s'étaient formées dans cette direction, la dernière large d'un bon mètre au centre. Les racines d'un chêne perçaient la terre à mi-profondeur comme les os noircis d'un squelette.

Rien là non plus. Ils retournèrent vers le sentier et poursuivirent leur exploration de l'autre côté. Simon se dit qu'il aurait fallu appeler la gendarmerie. La gamine avait peut-être été retrouvée à l'heure qu'il était. Avec un peu de chance, elle s'était perdue et avait passé la nuit dans un abri quelconque.

Il jeta un coup d'œil à son téléphone mobile. Évidemment, l'appareil ne captait aucun signal. Il était près de dix heures. Simon commençait à avoir faim et soif. Les autres aussi sans doute. Mais personne ne disait rien.

Le petit chien vaquait maintenant de son côté, le nez au ras des odeurs. Il semblait rassuré. Louis l'observait, hésitant sur la suite. Ils avaient couvert presque toute la zone. Peut-être s'était-il trompé.

Jeanne était près de lui.

– On pourrait jeter un coup d'œil de l'autre côté des Trois-Chemins, suggéra-t-elle. Derrière le réservoir. On jouait là-bas quand on était gamins.

– Peut-être… Oui, pourquoi pas…

Ils reprirent le sentier en sens inverse, jusqu'à la croisée des routes, et partirent vers la droite cette fois. La végétation était rase de ce côté. De l'herbe jaunie et, en lignes parallèles, les têtes de jeunes sapins, une plantation de l'année. Ils aperçurent bientôt une construction ronde faite de vieilles pierres envahies par les broussailles.

– L'ancienne ferme, expliqua le prêtre. Pendant la guerre, les résistants y cachaient des prisonniers évadés, des clandestins. Les Allemands ont mis le feu. Il reste quelques ruines un peu plus loin. Et le réservoir d'eau.

La citerne était vaste, au moins vingt mètres de circonférence. Le mur s'était écroulé côté est, ménageant une large entrée. Ils jetèrent un coup d'œil à l'intérieur : de la boue noire et de l'eau stagnante au fond, quelques bouteilles de bière brisées, des graffitis sur les murs cimentés.

La crevasse à laquelle pensait Jeanne s'ouvrait au bout de la plantation de jeunes sapins. Louis s'éloignait déjà dans cette direction, lorsque le téléphone de Kowalski sonna. Les autres s'arrêtèrent, espérant des nouvelles. Mauduit avait l'air épuisé. Pour une fois, Simon le regarda avec sympathie.

Kowalski répondait à son correspondant par mots brefs.

– D'accord. Non, rien pour l'instant. Où ? OK. Je sais… Non, non. Et les parents ? Ah bon, très bien.

Après avoir raccroché, il se tourna vers l'équipe.

– Les gendarmes. Ils ont fouillé les environs de la maison et du lycée, et les bois avec des chiens. Ils n'ont rien trouvé pour l'instant. La famille est arrivée en Lorraine en octobre. Le père est fonctionnaire. Envoyé par Paris pour organiser l'ennoyage. La gamine n'a pas beaucoup d'amis, et ne connaît pas bien la région.

Jeanne avait détourné la tête pour suivre le père Sugères des yeux. Le petit chien sautillait devant lui. Soudain, la jeune femme le vit se figer, une patte en l'air. Puis elle l'entendit gémir. Sa gorge se serra et elle partit aussitôt dans la direction qu'avait prise le prêtre. Simon lui emboîta le pas. Les autres, rassemblés autour de Kowalski, n'avaient pas réagi.

12 heures

Il semblait à Simon que le temps faisait brutalement marche arrière. La scène était la même que cinq jours auparavant. Cinq jours seulement. La lumière qui ruisselait doucement sur les arbres, le vieil homme assis sur une souche, un petit chien à ses pieds. En arrière-plan, une dizaine d'hommes en blanc évoluant en silence, prenant des photos. Et, couché sur le sol, un corps gracile dans une housse de plastique.

Les hommes de la scientifique étaient arrivés en moins d'une heure. Mauduit était allé à leur rencontre, soulagé de pouvoir enfin quitter la forêt. Mais le père Sugères avait refusé de partir avec lui.

La fissure était étroite. Moins d'un mètre vers le centre, pas plus de trente centimètres sur les bords. Le fil de fer barbelé et le ruban rouge et blanc qui la signalaient avaient été soigneusement sectionnés, comme la fois précédente. Et comme la fois précédente, le cadavre était tourné sur le ventre, grossièrement couvert de feuilles et de branchages. Attaché avec une corde.

Lorsque les policiers avaient commencé à dégager la crevasse, ils avaient d'abord distingué deux petits pieds, collés l'un contre l'autre par un nœud de chanvre. Le droit portait encore une bottine vernie. L'autre exhibait une chaussette violette rayée de rose. Avec un trou au talon.

Les jambes étaient repliées. Le buste, vêtu d'une sorte de caban sombre, enfoncé plus profondément. La tête tombée entre les épaules.

Schwartz, le légiste, s'était accroupi pour promener sa torche au fond de la crevasse.

– La corde est enroulée autour du cou, annonça-t-il.

Ils avaient essayé de dégager le corps avec douceur de la gangue de boue. Ils avaient dû s'y mettre à cinq, allongés à plat ventre sur la bâche de plastique qui protégeait le terrain, deux de part et d'autre de la crevasse, le dernier du côté de la tête. Ils l'avaient sortie centimètre par centimètre, aussi précautionneux que des archéologues exhumant une pièce millénaire, tandis qu'un de leurs collègues photographiait la scène au fur et à mesure. Lorsqu'ils avaient fini par la libérer, la tête avait basculé en avant, les cheveux pendant en une longue tresse blonde. Ils l'avaient retournée et déposée délicatement sur le côté. Un pantin désarticulé, qui ne tenait plus que par le grotesque lien de chanvre entortillé autour de ses membres. Son petit visage était un masque de terre, les yeux grands ouverts.

De longues minutes s'écoulèrent. Le chant des oiseaux résonnait étrangement dans l'air saturé d'humidité. Les enquêteurs regardaient la petite suppliciée en silence.

Simon avait conscience du large corps de Kowalski près de lui, immobile comme une pierre. Lui se sentait totalement vidé, impuissant. Il se tourna vers les hommes qui fouillaient les environs. Un attroupement s'était formé au pied d'un arbre. En son centre, le pull bleu lavande de Tellier faisait une tache incongrue parmi les combinaisons blanches. Simon ne l'avait même pas vu s'éloigner.

Kowalski se secoua.

– Était-elle vivante quand on l'a jetée là ?

Le médecin se racla la gorge, frottant vivement ses mains l'une contre l'autre, comme pour se réchauffer.

– Je ne sais pas... Le mode opératoire me semble un peu différent par rapport à l'autre gamine.

– En quoi ?

– On dirait que le meurtrier l'a simplement abandonnée dans la crevasse, alors que Nathalie Caspar avait été enfoncée avec violence. Pas de vêtements déchirés, ni de traces de terre sur le dos. Pas de terre non plus dans la bouche. Le corps était coincé, mais plus à cause de la viscosité des parois que d'une pression extérieure.

À quelques pas, Tellier avait levé la tête. Un éclat de soleil s'accrocha dans ses cheveux blonds. Il capta le regard de Simon et lui fit signe. Dreemer hésita un instant, n'osant pas rompre la chaîne qui s'était assemblée autour du cadavre.

– Commissaire ?

– Oui ?

– J'ai l'impression que Tellier a trouvé quelque chose.

Kowalski contempla une dernière fois la forme allongée sur le sol avant de se diriger vers le groupe, suivi de Simon et de Jeanne.

Le lieutenant les accueillit avec une grimace ambiguë.

– C'est là...

Il désignait le sol de l'index.

Quelqu'un avait dégagé un espace en balayant les feuilles racornies qui s'entassaient autour des racines. Les bâtonnets de bois étaient alignés à l'horizontale, légèrement espacés les uns des autres. Cette fois, il y avait trois lettres, et elles étaient clairement dessinées. Un A, un N et un O. À côté, on avait déposé un bouton de fleur froissé. Une rose de Noël.

– Je n'y comprends rien, dit Kowalski.

Jeanne fixait l'arbre au pied duquel était composé le jeu du pendu.

– C'est un chêne, murmura-t-elle.

– Quoi ?

– Un chêne… Comme dans le cimetière… À côté du Dieu Piteux.

Simon s'était accroupi. De son doigt tendu, il suivait chaque lettre, les dessinant et les redessinant dans l'espace.

– O… A… N…

Jeanne s'agenouilla près de lui. Il sentit sa chaleur, son parfum. Elle avait l'odeur de la forêt.

– Qu'est-ce que cela signifie, Simon ?

C'était la première fois qu'elle l'appelait par son prénom.

– O… Odile. N… Nathalie…

– A?

– A? Alice…

Il soupira, ferma les yeux.

– Il manque trois lettres. Là, là et là.

Jeanne réfléchit un moment, puis tendit à son tour le doigt vers le rébus, désignant une à une les cases vides. Elle aussi avait compris.

– Ici, un J, puis un H, un N… Johann.

– Le pendu de Noël, soupira Simon.

Kowalski balança un coup de pied rageur sur le sol.

– Ça suffit ! On les convoque tous !

– Tous qui ? demanda Tellier.

– Les suspects. Mayer. Le fils Messager. Et l'autre, le père du gamin qui est mort à la mine...

– Manchini, précisa Tellier.

– C'est ça, Manchini !

– Je ne suis pas sûr... glissa Simon.

– Je ne vous demande pas votre avis, Dreemer. On les convoque. J'en ai assez qu'on nous balade.

23 heures 30

La journée s'était terminée d'une manière inattendue pour Simon. Alors qu'il sortait du SRPJ pour retourner à l'hôtel, Kowalski l'avait interpellé.

– Venez, je vous invite à dîner.

Simon avait surtout envie de se retrouver seul. Mais il n'avait pas osé refuser l'invitation de son supérieur.

Ils étaient partis à pied. Simon pensait que Kowalski l'emmenait dans un des restaurants proches du commissariat, jusqu'au moment où il s'arrêta devant la porte d'un immeuble ancien.

Le commissaire habitait au dernier étage, un appartement tout en longueur, sans doute des chambres de bonnes réunies en enfilade. Simon se courba instinctivement en passant le seuil. Le plafond était bas, barré de grandes poutres de chêne sombre, la pièce encombrée de meubles anciens, de tableaux et de céramiques. Partout, des fauteuils de style régence, aux pattes fragiles et cambrées, des bibliothèques où s'alignaient de gros albums et des livres dont les reliures de cuir étaient griffées par le temps et l'usage. Près d'une lucarne qui ouvrait sur les toits, un délicat secrétaire en bois verni luisait dans le halo mordoré d'une lampe à abat-jour de soie.

– Si vous voulez vous rafraîchir, la salle de bains est là-bas, avait dit Kowalski, désignant l'unique porte intérieure de l'appartement.

Il semblait manger, dormir, vivre dans une seule pièce. En se dirigeant vers les toilettes, Simon avait remarqué, entre deux armoires qui délimitaient une sorte d'alcôve, une étroite banquette de velours pourpre que le commissaire avait aménagé en couchette. Rien ne semblait à sa mesure dans cet appartement où il évoluait pourtant avec l'aisance d'un capitaine de navire dans sa cabine.

Au retour de Simon, Kowalski était déjà à l'œuvre dans le coin cuisine. Ils avaient dîné sur un comptoir garni de pots d'épices et de bouquets d'herbes aromatiques. Salade de crevettes, filets de rougets gratinés… Dreemer n'avait pas aussi bien mangé depuis son départ de Paris. Il s'était demandé si le commissaire avait anticipé son invitation, ou si son frigo était toujours garni. Et pour qui Kowalski cuisinait d'habitude.

De quoi avaient-ils parlé? s'interrogeait Simon en cherchant vainement le sommeil, allongé dans la semi-obscurité de sa chambre d'hôtel. Le couvre-lit sentait la poussière, le matelas était trop mou, la pièce de nouveau surchauffée. Il n'avait pas encore eu le temps de chercher un studio et manquait d'énergie pour le faire. L'hôtel le rassurait par son statut provisoire. Il ne concevait pas de s'attarder dans cette région où il évoluait en aveugle lâché dans un environnement inconnu.

Curieusement, ils n'avaient pas parlé de l'affaire en cours. De la macabre découverte du matin. Ils n'avaient pas parlé de l'enquête. Ni d'eux-mêmes. Mais de ce qu'ils mangeaient. De la façon dont c'était préparé. Des épices que Kowalski avait utilisées. Et du « bleu ». Cette zone entre surface et fonds marins où plus rien n'imprime la rétine que cela, le bleu. Pas de limites, pas de repères, de dessous ni de dessus, seulement les palmes qui battent doucement sous soi.

Tous deux étaient plongeurs. Ils s'étaient raconté leurs histoires, leurs voyages, leurs sites préférés. Leurs rencontres sous l'eau. Kowalski planant doucement, son corps lourd en apesanteur, gainé de noir comme un mammifère marin, tranquille, puissant…

Quoi d'autre ? Kowalski avait laissé entendre qu'il ne plongeait plus depuis trois ans. Une simple allusion à la mort de sa fille. Mais il aurait pu ne rien dire. Peut-être attendait-il une réaction de la part de son invité, une question ?

Simon rejeta les draps d'un geste exaspéré. Il s'étira le plus qu'il pouvait, bras et jambes jetés loin du buste, s'obligeant à respirer lentement, comme si ses poumons étaient branchés sur une bouteille d'oxygène.

Jeanne Modover savait faire ça. Poser la question que l'autre attendait. Aller chercher ses mots. Il l'avait vue à l'œuvre avec Joseph Mayer, avec Keller aussi, le vieil historien. Lui était comme un radar. Qui touche sa cible, la fait sortir de l'ombre, l'éclaire brutalement. Et puis quoi ? Extralucide, transperçant les carapaces les plus opaques. Mais coupé de la vie aussi sûrement que dans le bleu.

Des femmes l'avaient quitté pour cette raison. Il avait perdu Lucie, la seule qu'il ait vraiment aimée. Il y avait beaucoup repensé depuis. C'était comme un handicap, un héritage génétique. Ses parents avaient été parfaits. Intelligents, cultivés. Ils lui avaient beaucoup appris, beaucoup donné, y compris l'indépendance. Mais ils l'avaient élevé comme ils auraient élevé n'importe quel enfant. Un étranger.

Simon était parti de chez lui à dix-huit ans. Aujourd'hui, alors que son père était mort depuis longtemps, il aurait aimé pouvoir bavarder avec lui, se confronter à ses analyses rapides, radicales. Évoquer ses visions. Son regard lui semblait alors traverser, comme une baie transparente, le mur opaque qui cantonnait ses contemporains dans le monde étouffant du présent – ou pire, du passé. Parfois, derrière la vitre, le paysage était blanc et bleu, comme une planète vue de l'espace et brillamment éclairée. Le plus souvent, il était sombre, effrayant.

Simon déglutit difficilement. Sa bouche était pâteuse. Il avait trop bu chez Kowalski. Il attrapa la bouteille qui se trouvait près de son lit, avala de grandes goulées d'eau tiède, puis se leva pour ouvrir la fenêtre de la chambre. Dehors, le bruit de la rue s'était calmé. L'air glacial frappa son torse nu. Il respira profondément.

Que disait Jeanne? Noir, blanc, ça ne veut rien dire. Elle faisait partie de ces gens qui croient qu'il y a du bon à trouver dans chacun. Avec ce genre de raisonnement, on pardonnait tout, les atrocités et les guerres, mais aussi les mensonges et les mesquineries, le mal quotidien, le mal à la petite semaine.

Une moto passa en pétaradant dans la rue. Peu à peu, la chambre se refroidissait. Simon sentit son corps se détendre. Il laissa la fenêtre ouverte et retourna se coucher.

Une peau contre sa peau. Une bouche douce et chaude glissant sur son ventre, enfermant son sexe dans sa cavité tendre et humide. Le manque, déchirant, le traversa comme une décharge. Il se tourna et sombra dans un sommeil triste.

Mercredi 15 décembre

11 heures

Retomber en enfance. C'est ce qu'on disait des gens comme Geneviève. « Elle retombe en enfance. » Alors qu'il lavait le corps de sa femme, retrouvant avec elle les gestes délicats qu'il avait eus autrefois pour ses filles, Armand Keller pensa qu'il s'agissait d'une monstrueuse plaisanterie.

Elle avait encore maigri. Une enveloppe de peau fripée sur un squelette. Il osait à peine l'effleurer de peur de la blesser. Il avait vu des hommes qui lui ressemblaient au camp de Dora. Ils bougeaient encore, mais paraissaient déjà morts. Des pantins en os, manipulés par un marionnettiste aux gestes saccadés.

Armand passa l'éponge imbibée de mousse tiède sur les épaules et le dos de sa femme. Il avait choisi un savon au chèvrefeuille parce qu'elle en aimait le parfum. Lui aussi. L'odeur était liée à la personne qu'elle était autrefois. Il suffisait de fermer les yeux.

Geneviève se laissait faire. Elle avait toujours eu confiance en lui. C'était une femme douce et tranquille. Une femme reposante qui ne cherchait pas chicane pour tout et n'importe quoi. Certains auraient pu la trouver ennuyeuse. Mais il avait eu son lot de guerre. De déchirures. Elle, réparait. Les vêtements, les meubles, les griffures et les plaies sur les genoux des petites. Encore maintenant, alors que son esprit s'absentait de plus en plus souvent, elle avait ce geste de lisser le châle de laine qui couvrait ses genoux, d'aplanir les creux et les bosses, avec la concentration tranquille qu'elle avait toujours appliquée au quotidien.

Geneviève leva la tête et lui sourit. Combien de temps encore pourrait-il s'occuper d'elle ? Elle tendit sa main osseuse et la posa sur son poignet. Ça ira… Oui, ça ira, se dit-il. Et puis quand ça n'irait plus, il saurait quoi faire. Ils avaient eu leur vie. Une vie ordinaire, mais plus belle que certaines. Pour eux, tout était dit, ou presque. Il y avait d'autres urgences.

Il glissa les bras sous les aisselles de sa femme et l'aida à se lever, puis à enjamber le rebord de la baignoire. Il l'enveloppa d'une grande serviette, la frictionna doucement et la revêtit d'une épaisse chemise de nuit en flanelle. Elle allait se reposer maintenant. Lui, devait réfléchir. Il l'installa sur le divan du salon, couvrit ses jambes, l'embrassa doucement sur le front. Elle somnolait déjà.

Dans le petit bureau sous le toit, il faisait sombre. Mais Armand n'alluma pas la lumière. Il n'avait pas besoin de regarder la photo qu'il avait ressortie quelques heures auparavant, il la connaissait par cœur. Il l'avait tant regardée, il avait si longtemps scruté ces visages un peu flous, saisis dans la pose.

Que devait-il faire ? Quand Louis l'avait appelé ce matin, il semblait épuisé. Le prêtre lui avait raconté la découverte de la veille, la fillette assassinée, le rébus près du chêne.

– Les policiers m'ont demandé de ne pas en parler. Mais j'y ai pensé tout l'après-midi hier. Et cette nuit, je n'ai pas pu dormir. Je me suis dit qu'il fallait que je t'appelle. S'il existe un rapport entre les meurtres et la guerre, cette histoire de pendu en 44, tu as peut-être quelque chose dans tes dossiers ?

Armand n'avait pas répondu. Au bout du fil, Louis avait dû sentir son désarroi.

– Armand, tu sais quelque chose ?

– Je ne crois pas... Pas vraiment.

– Ce sont des gamines. Des petites filles. Il faut arrêter ça. Tu comprends ? C'est monstrueux.

Louis avait raison. Mais comment être sûr ? Ne pas commettre d'erreur. Il ne fallait pas que les victimes de jadis paient une nouvelle fois.

Il aurait peut-être pu parler à Jeanne Modover. Mais l'autre... Si impatient. Est-ce qu'il prendrait le temps de comprendre ? De tirer tous les fils. De réunir tous les fragments.

Lui n'y arrivait plus. Il était vieux, le puzzle trop complexe. Il connaissait le motif final, mais ne savait pas comment l'assembler.

Armand se laissa glisser contre le dossier du fauteuil, les yeux levés vers la lucarne d'où tombait une lumière grise. Il fallait qu'il se décide, vite.

11 heures

À quelques maisons de là, allongée sur sa méridienne de velours rouge, Élisabeth réfléchissait elle aussi. Elle avait tiré les doubles rideaux. Les visiteurs éventuels comprendraient qu'elle ne voulait pas être dérangée.

Son fils était parti depuis plus d'une heure. Elle avait commencé à l'attendre. Elle était accoutumée à l'immobilité. L'arthrose avait attaqué ses articulations alors qu'elle atteignait à peine les quarante ans. Elle avait tout de suite su comment cela se finirait. À la fin de sa vie, sa mère pleurait de douleur chaque fois qu'elle voulait bouger. Aujourd'hui, heureusement, les médicaments apportaient un soulagement. Élisabeth avait lutté aussi longtemps que possible, puis s'était allongée. Elle dormait peu, ne rêvait jamais – ou ne se souvenait pas de ses rêves –, elle essayait de vivre dans le présent. Du moins jusqu'à ces derniers jours.

Les policiers avaient convoqué Jean pour dix heures trente. Il avait pris le bus. Il n'avait jamais pu apprendre à conduire. Comment allait-il se débrouiller avec la police ? Il semblait effrayé. Mais elle lui avait fait répéter plusieurs fois ce qu'il devait dire. Il avait toujours été obéissant. C'est là-dessus qu'elle comptait.

Ils n'avaient rien contre lui. La nuit de lundi à mardi, il était resté à la maison. Elle en était sûre. Elle avait entendu le son de la radio dans la chambre du haut. Il n'aurait pas pu tromper sa vigilance.

Élisabeth sentait la peur la gagner. Comme si une ombre était entrée dans sa maison.

11 heures 30

Kowalski avait voulu mener les interrogatoires lui-même. Simon, qui s'était installé un peu à l'écart près de la fenêtre du bureau, le regardait se confronter à Jean Messager avec une impatience croissante. Le commissaire pataugeait. Il avait beau changer de ton, tenter d'amadouer Messager ou de l'impressionner, moduler ses questions, tendre des pièges, l'autre se contentait de variations sur trois thèmes : l'avant-veille, il avait passé l'après-midi à nettoyer le bassin de la fontaine municipale, plusieurs personnes l'avaient vu, il pouvait donner leurs noms. Il était rentré chez sa mère en fin d'après-midi, avait dîné et passé la nuit chez elle. Le commissaire n'avait qu'à lui téléphoner, elle confirmerait. Simon remarqua qu'il mettait dans ses réponses une concentration si têtue qu'elle en paraissait affectée. Il se demandait si Messager ne surjouait pas le rôle qu'on attendait de lui.

– Et lorsque Nathalie Caspar a été assassinée, vous avez passé la nuit chez votre mère ? poursuivait Kowalski.

– Oui. Un policier me l'a déjà demandé. Appelez-la, elle vous le dira.

– Vous dormez souvent chez votre mère, tenta le commissaire. Vous n'avez pas de maison à vous ?

– Si…

– Alors, pourquoi n'y êtes-vous jamais ?

– Je n'y suis pas jamais. J'y suis quand il fait chaud. J'y suis en été et aussi au printemps. En hiver, il fait trop froid, il n'y a pas de chaudière. Mais en été, j'y suis, ânonna-t-il avec un sourire triomphant.

Il regardait le policier par en dessous. Ses petits yeux clignotaient derrière de grosses lunettes aux verres rectangulaires, trop larges pour son visage. Un visage disharmonieux dont les traits – oreilles à l'hélix grossièrement ourlé, nez osseux, menton pointu – semblaient s'être développés indépendamment les uns des autres.

Kowalski fatiguait. Il passa une main dans ses cheveux, puis inspira profondément. Jean attendait, tassé sur sa chaise, les épaules tombantes dans son pull en nylon. Il était nerveux, agitait continuellement ses pieds, tirait sur ses manches. Cachait-il quelque chose ? s'interrogea Dreemer. Mais ce pouvait être n'importe quoi, une faute insignifiante, sans rapport avec le meurtre d'Odile Monchau.

Simon se remémora une nouvelle fois la chronologie des événements. La jeune fille avait quitté le collège vers dix-sept heures quinze. Le temps d'arriver près de la crevasse, il devait être dix-huit heures. D'après Schwartz, le médecin légiste, elle était morte à ce moment-là, à une heure, une heure et demie près, pas plus. Or Jean avait cité au moins cinq personnes l'ayant vu travailler près de la fontaine durant l'après-midi. Une vieille dame avait déjà confirmé à Tellier l'avoir aperçu un peu avant dix-sept heures. Il fallait environ une heure pour rejoindre la crevasse à partir du village. En marchant vite. Pourquoi Jean se serait-il tant pressé ? Il ne pouvait pas savoir que la petite Odile y serait. Cela ne tenait pas la route…

Kowalski se leva lourdement. Il fit quelques pas, tête baissée, puis se tourna vers Messager avec un geste las.

– Vous pouvez partir. Mauduit, vérifiez sa pointure, on ne sait jamais.

Messager sortit avec Mauduit en saluant exagérément les policiers d'un mouvement de tête.

– Un pauvre type, commenta Tellier lorsque la porte se referma. Exaspérant, mais pas méchant.

– Pas sûr, réagit Kowalski. Il me semble plutôt sournois.

Jeanne secoua la tête.

– Les gens qui ont du mal à s'exprimer donnent souvent cette impression.

Elle a raison, pensa Simon. Mais Kowalski aussi. Jean Messager l'avait mis mal à l'aise. Il se demanda une nouvelle fois comment ce pouvait être le fils de la superbe Élisabeth.

Dans le bureau, tous semblaient découragés. La matinée n'avait guère été brillante. Sarah Mayer avait téléphoné à neuf heures pour informer le commissaire que son père ne se rendrait pas à sa convocation. Il s'était senti mal durant la nuit. Appelé à son chevet, le médecin avait interdit qu'il se lève avant plusieurs jours.

– Voilà un malaise qui tombe bien, avait grogné Kowalski. À moins d'une commission rogatoire, on ne peut rien faire.

Restait Mario Manchini. Tellier s'était renseigné. L'homme n'avait pas de casier, jamais eu affaire à la police, même pour une contravention. Il avait bien menacé Lucien Caspar après l'accident qui avait tué son fils, mais tout s'était vite tassé. Kowalski ne semblait pas attendre grand-chose de son interrogatoire. Simon avait le sentiment qu'ils faisaient du surplace.

Ils avaient pourtant recueilli des informations qui pouvaient se révéler importantes. D'abord, les analyses réalisées par Schwartz avaient confirmé ses premières impressions : le meurtrier était sans doute le même que celui de Nathalie, la façon dont le corps était attaché, avec les mêmes nœuds savants que ceux du Dieu de Pitié, en attestait. Cependant, il avait légèrement modifié son mode opératoire. Odile n'était pas morte étouffée, elle avait avalé une telle quantité de somnifères qu'elle devait se trouver en arrêt respiratoire avant même d'avoir été jetée dans la crevasse. Même si les motivations du meurtrier n'étaient pas claires – avait-il simplement forcé la dose par sécurité ? –, ce n'était pas anodin.

Surtout, la veille, les hommes de l'identité judiciaire avaient découvert le premier indice depuis le début de l'enquête : deux empreintes, dont une assez nette, à quelques mètres de la crevasse où était enfoui le corps.

Elles menaient en direction du chêne au pied duquel on avait retrouvé le jeu du pendu. L'assassin s'était montré imprudent. Il avait pris la précaution de marcher dans les feuilles mortes, mais son pied s'était imprimé dans la terre à un endroit où le tapis végétal était moins épais. Une sacrée chance d'avoir retrouvé ces traces, avait remarqué le lieutenant Corcin, lorsqu'il avait appelé Kowalski. Les chiens les avaient reniflées, mais ils avaient perdu la piste un peu après l'intersection des Trois-Chemins.

Les marques appartenaient à une chaussure d'homme, de taille quarante-cinq. Une semelle à gros crans. Puis ce matin, tôt, Corcin avait rappelé pour donner un détail supplémentaire.

– On a mesuré la profondeur de l'empreinte la plus lisible. Elle est quasiment identique partout.

– Ce qui signifie ? avait demandé Kowalski.

– Le poids du corps repose de façon homogène sur le sol. On voit ça avec les chaussures à semelle rigide.

– Pour la montagne ?

– Ou les modèles avec une tige de métal. Ceux que possèdent les ouvriers de chantiers.

– Et les mineurs ?

– Et les mineurs, avait confirmé Corcin.

Difficile, par contre, de préciser le poids du suspect. L'empreinte n'apparaissait pas très profonde, mais le sol était gelé, ce qui faussait les estimations.

– Disons qu'a priori le type n'était pas très lourd, avait conclu Corcin. Mais je ne peux pas être plus affirmatif.

Le suspect qui venait d'entrer dans la salle d'interrogatoire avait été mineur. Mais il était lourd. D'une autre façon que Kowalski. De taille moyenne, trapu, Mario Manchini devait avoir, plus jeune, la carrure d'un rugbyman. Depuis, il avait fait du gras. Son ventre ballottait pardessus la ceinture de son pantalon en velours marron.

Il attaqua d'une voix à la fois furieuse et lasse.

– Vous n'avez rien trouvé de mieux que de venir m'emmerder encore une fois ?

– Commencez par vous calmer et me dire où vous étiez lundi après-midi.

Kowalski n'avait pas levé la voix, mais l'autre se tassa légèrement sur la chaise.

– J'étais chez moi.

– Vous y faisiez quoi ?

– Je bricolais.

– C'est-à-dire ?

Manchini soupira.

– Je répare des chaises. Le tissu est fichu, ma femme ne veut pas les jeter.

– Vous avez appris la tapisserie ? s'étonna Kowalski.

– Je sais tout faire de mes mains, répondit Manchini, en les levant devant lui les doigts écartés.

Il les contempla un instant avec satisfaction, comme de bons outils qu'il aurait fabriqués lui-même.

– De toute façon, il faut bien s'occuper en hiver, reprit-il d'un ton bourru.

– Quelqu'un peut-il témoigner de votre présence chez vous, avant-hier après-midi?

– Ma femme, c'est tout.

– Votre femme... Et vous n'êtes pas sorti. Vous avez passé tout l'après-midi à réparer vos chaises?

– L'après-midi, le soir et une partie de la nuit. Quand je commence quelque chose, j'aime bien aller au bout.

Ce type est sympathique, se dit Simon. Il émanait de lui l'assurance tranquille d'un homme qui n'a jamais compté que sur l'intelligence de son corps.

– Écoutez, je sais pourquoi je suis là, poursuivit Manchini. Quand mon fils est mort et que j'ai su comment, Caspar, j'ai voulu le tuer. Il a eu de la chance d'être à l'hôpital. C'est le pire des salauds. Il ne vaut rien, il le sait. Il ne sent rien. La mine, il faut la sentir, vous comprenez.

Manchini frottait ses doigts les uns contre les autres comme un tailleur qui tâte le tissu.

– Elle tient, elle tient, puis un jour tout craque. Et elle vous tue. Les mineurs, ils sentent ça. Caspar n'était pas un mineur. Il a quand même accepté ce poste. Et il a tué mon garçon.

L'homme baissa la tête.

– Que s'est-il passé exactement? demanda le commissaire.

– Il n'a pas fait son boulot. Après un tir, le premier mineur doit sonder le plafond de la galerie pour voir si tout est bien stable avant de laisser rentrer son équipe. On fait encore ça à la main, parfois, avec une barre de fer. Il faut taper la roche. Ça sonne le «plein», c'est bon, les blocs sont solidaires. Ça sonne le « creux », danger. Lucien n'a pas su écouter. Quand ses hommes ont commencé à charger le minerai, deux grandes plaques se sont détachées de la voûte.

Manchini se racla la gorge.

– J'aurais pu lui briser le cou. Mais je ne l'ai pas fait. La rage est partie ; je n'ai plus que mon chagrin. Vous croyez vraiment que j'aurais pu m'en prendre à sa fille ? Une gamine que j'ai vue grandir. Il faudrait être un monstre, non ?

Il regarda Kowalski bien en face.

– Et l'autre. Odile. Pourquoi j'aurais fait ça ?

Le commissaire soupira. La question suivante fut posée sans conviction.

– Quelle est votre pointure, monsieur Manchini ?

– Quarante-cinq. Pourquoi ?

– Vous avez conservé des chaussures du temps où vous travailliez à la mine ?

– J'en ai gardé une paire. C'est pratique pour les gros travaux.

Il réfléchit quelques secondes.

– Si c'est ce que vous cherchez, vous en trouverez dans presque toutes les maisons du village. Et des types qui chaussent du quarante-cinq, c'est pas ça qui manque. En plus…

– En plus, quoi ?

– Vous avez trouvé des empreintes, c'est ça ?

– Je ne peux pas vous en dire plus.

– Oui, vous avez trouvé des empreintes…

Manchini marqua un temps.

– Ça ne va pas vous aider beaucoup.

– Pourquoi ?

– On avait tous les mêmes chaussures. Elles venaient d'un magasin d'usine.

Il haussa les épaules et répéta.

– Ouais, ça va pas vous aider beaucoup.

Jeudi 16 décembre

11 heures 30

Assise à son bureau, Jeanne se replongeait dans ses notes. Après les interrogatoires de la veille, elle avait voulu rendre visite à Armand Keller, mais il lui avait répondu au téléphone qu'il se sentait fatigué et demandé de bien vouloir remettre sa venue. Jeanne avait évoqué la découverte d'un nouveau jeu du pendu près du corps de la petite Odile. Ce nom de «Johann» qui, mort après mort, se composait. Le vieil homme n'avait pas semblé étonné.

– Nous cherchons quel rapport cela peut avoir avec les meurtres, avait-elle répété. J'aurais vraiment aimé en parler avec vous.

– Je comprends, Jeanne.

– Essayez de vous souvenir. N'importe quoi, une information que vous auriez pu entendre à votre retour. Ou bien noter dans vos cahiers. Un détail. Même insignifiant.

– Je vais y penser, c'est promis. Laisse-moi un peu de temps.

Sa voix était si lasse qu'elle n'avait pas osé insister.

Heureusement, juste après cet appel décevant, la responsable des archives départementales lui avait téléphoné : les documents des années 1944-1945 concernant le secteur de Varange étaient prêts.

Une pile de dossiers jaunis l'attendait sur un coin de bureau mal éclairé. Ils reflétaient la confusion de l'époque. Certains étaient vides, la plupart incomplets. Elle avait fini par trouver quelques pages consacrées au meurtre de Johann Ziegler.

L'homme avait été découvert pendu dans le cimetière le 25 décembre 1944 au matin par le prêtre du village. Posée au pied de l'arbre, une pancarte proclamait: *La corde pour les collabos.* Suivait une courte biographie de la victime. Ziegler était né le 18 avril 1922 à Mayenville. Fils unique. Il avait hérité du café du Moulin qui appartenait à son oncle. Marié le 19 juin 1942 avec une dénommée Mathilde Bot, originaire du département voisin.

À l'époque, l'enquête n'avait rien donné. La police était encore désorganisée. Les derniers forts occupés par les Allemands autour de Metz ne s'étaient rendus à l'armée américaine qu'à la mi-décembre 1944. Le nouveau préfet arrivait à peine de France.

Le nom de Charles Caspar apparaissait à plusieurs reprises. Il semblait qu'il ait été nommé maire provisoire de Varange. Sa position était ambiguë. À la fois juge et partie. Les mouvements de Résistance étaient soupçonnés d'implication dans le meurtre de Ziegler. Or, Caspar avait été chef d'un réseau durant la guerre.

Le rédacteur du rapport, un certain Ridder, avait visiblement été impressionné par l'homme. En lisant ces lignes à l'écriture pointue, Jeanne avait mieux compris pourquoi, malgré son âge, il émanait de Caspar une telle autorité. Il était entré dans la Résistance alors qu'il venait d'avoir vingt ans. Il avait échappé à l'enrôlement dans la Wehrmacht en tant qu'« affecté spécial », ce qui signifiait qu'il devait être indispensable au fonctionnement de l'usine sidérurgique dans laquelle il travaillait alors. Malgré la présence de nombreux soldats et douaniers allemands dans cette zone frontière très surveillée, il avait réussi à récupérer avec ses hommes des armes sur la ligne Maginot pour attaquer les patrouilles ennemies. Ridder évoquait aussi des actes de sabotage, une explosion dans une usine de munitions où étaient entreposés des milliers d'obus. Et le passage vers la France de dizaines de prisonniers de guerre évadés d'Allemagne.

Suite à une dénonciation, plusieurs membres du réseau avaient été arrêtés. Charles était demeuré dans la clandestinité jusqu'à la Libération.

En relisant ses notes ce matin, Jeanne se sentait gagnée par un sentiment de tristesse, mais aussi de frustration. Elle avait vécu à Varange jusqu'à l'âge de dix-huit ans, mais n'avait rien soupçonné de l'histoire du village. Comme un promeneur qui chemine le long d'un paysage singulier et le survole seulement des yeux, trop préoccupé qu'il est de lui-même. Elle n'avait vu que des maisons grises et de vieilles gens. Pourtant, les noms qui figuraient dans le rapport de Ridder étaient les mêmes que ceux de ses camarades de classe. Il parlait de leurs grands-pères et de leurs grands-mères : cet Albert Kiessel interné au fort de Queuleu, à Metz, et torturé à mort en septembre 1943; cette Eva Weiler, transférée à Bayreuth pour être jugée en avril 1944. Et Armand Keller, le vieil archiviste, déporté dans le sinistre camp du Struthof.

Les couloirs étaient silencieux. Kowalski chez le procureur de la République qui s'inquiétait des progrès de l'enquête. Tellier et Mauduit partis recueillir des informations sur les parents d'Odile Monchau, même si une implication familiale semblait peu vraisemblable. Quant à Simon, elle l'avait entrevu dans son bureau, les pieds posés sur le rebord de la fenêtre, le casque de son baladeur à nouveau vissé sur les oreilles. Sur le moment, son apparente oisiveté l'avait exaspérée.

Elle savait qu'il ne croyait pas à la piste de 44. Mais avait-il autre chose à proposer? La veille, il était resté silencieux tandis que Kowalski commentait les informations recueillies durant la matinée, comme absorbé en lui-même. Il n'avait fait que répéter ce qu'il avait dit quelques jours plus tôt. Pour lui, ces meurtres sophistiqués évoquaient une mise en scène. Le rébus en faisait sans doute partie.

Jeanne se replongea dans sa lecture. Charles Caspar... L'unique lien entre Johann et au moins l'un des deux meurtres, celui de Nathalie. Le seul nom qui réapparaissait. Il avait peut-être participé à l'exécution de Johann. Et quelqu'un s'était vengé en s'en prenant à sa petite-fille. Mais qui? Et pourquoi avoir attendu cinquante ans? Quant à Odile Monchau, que venait-elle faire dans ce règlement de comptes?

Jeanne secouait la tête, découragée et mécontente d'elle-même, quand on frappa à la porte. Un jeune policier en uniforme lui tendit une grande enveloppe kraft.

– Arrivé à la deuxième tournée, précisa-t-il. J'ai pensé qu'il fallait vous l'apporter tout de suite.

Les coins étaient barrés de mentions tracées en lettres capitales: URGENT – PERSONNEL.

Jeanne rendit son sourire au jeune homme, puis entreprit d'ouvrir l'enveloppe. Il lui semblait reconnaître cette écriture penchée.

Aucune lettre, aucun mot à l'intérieur. Seulement une très vieille photo en noir et blanc, un peu floue. Un groupe d'hommes et de femmes, sur les marches d'une église. Intriguée, Jeanne examina l'enveloppe, tentant de se souvenir où elle avait déjà vu ces caractères étroits, tracés à l'encre bleue... Les archives d'Armand Keller, ses dossiers si soigneusement classés, leur contenu noté sur la tranche.

Elle alluma sa lampe de bureau et plaça le cliché sous l'ampoule. Dans le coin droit, en bas, une inscription tracée à la plume. L'encre avait pâli, mais elle put déchiffrer une date et deux noms. Elle regarda la photo plus attentivement. Et soudain, elle comprit.

15 heures

– Si vous n'aviez pas de mauvaise intention, expliquez-nous pourquoi vous êtes revenue ?

Kowalski peinait à garder son calme. Depuis vingt minutes, son obstination se heurtait à une autre, inflexible.

Face à lui, qui pesait de tout son poids sur la chaise tirée près de la méridienne rouge, Élisabeth Messager paraissait frêle et fragile. Mais elle ne baissait pas les yeux.

Simon et Jeanne se tenaient légèrement en retrait. Dans la pièce, l'odeur de pisse de chat était si forte que la jeune femme dut résister à l'impulsion de se lever pour ouvrir une fenêtre. Il s'y prend mal, pensa-t-elle. Il n'arrivera à rien en la menaçant.

Elle-même était incapable d'intervenir, encore incrédule de ce qu'elle avait découvert sur le cliché. L'inscription tout d'abord : *Johann Ziegler, Mathilde Bot, 19 juin 1940.* C'était une photographie de mariage. Le mariage du pendu de Noël.

Le jeune couple se tenait debout, en haut des marches de l'église de Varange, au milieu d'une dizaine de personnes endimanchées. L'homme semblait athlétique, cheveux et yeux clairs. Malgré la piètre qualité de l'image, on pouvait deviner combien il avait été beau. La femme appuyée à son bras était belle, elle aussi : grande, un corps épanoui aux seins ronds, aux hanches larges, une silhouette pleine, mais d'une grâce infinie. Une épaisse tresse de cheveux noirs s'enroulait autour de son visage souriant qui regardait droit dans l'objectif. Ce regard avait ouvert une brèche dans la mémoire de Jeanne. Elle avait à nouveau déchiffré les noms au bas de l'image, et son cœur s'était mis à battre douloureusement.

Qu'avait murmuré Armand Keller ? « Les noms ne veulent rien dire. » « Ce qui est écrit est écrit. » Elle avait vérifié sur Internet. « Bot » signifiait « Messager » en allemand. Élisabeth Messager était Mathilde Bot.

C'était bien son port de tête. Le menton levé. Ses yeux aussi, les mêmes qu'elle posait sur eux lorsqu'ils étaient enfants. Directs, mais bienveillants. Capables de voir tout au fond.

De façon inattendue, ce fut Simon qui dénoua la situation. Se penchant vers la vieille femme, il lui parla avec une douceur inhabituelle.

– Mathilde…

Elle tressaillit de s'entendre appeler de ce prénom venu du passé.

– Votre fils, vous l'avez baptisé Jean, Johann, en mémoire de son père ?

Elle ne répondit pas.

– Vous semblez l'aimer beaucoup. Pourquoi l'avez-vous amené ici, après le mal qu'ils lui ont fait ?

La lumière refluait dans les prunelles violettes, comme une vague qui laisse le sable sec, et mat. La vieille femme ne regardait plus que lui maintenant.

– Car ceux qui ont tué son père lui ont fait du mal, à lui aussi ? poursuivit Simon.

– Il est né trois semaines après…

Élisabeth buta sur le dernier mot.

– Après la mort de votre mari ?

Elle hocha la tête.

– J'ai cherché Johann partout ce soir-là, après la messe de minuit. Et je l'ai trouvé dans le cimetière. Pendu. Je me suis évanouie, je suis restée dans la neige toute la nuit. On a cru que j'allais mourir. Mais j'ai survécu, et Jean est né.

– Avant terme ?

– Oui… de presque deux mois.

– Il n'a pas grandi comme les autres… C'est pour ça que vous êtes revenue. Pour leur faire payer.

Élisabeth laissa retomber sa nuque sur les coussins de la méridienne. Personne ne bougeait dans la pièce à l'air vicié. Quand elle releva la tête, sa voix s'était affermie.

– Mon fils a eu un an, puis deux, puis cinq. On a commencé à se moquer de lui. À le traiter de débile. Vous savez ce que signifie débile ? Faible, fragile. Et c'est vrai qu'il était débile. De corps et d'esprit. Cela m'a rongée, jour après jour.

– Aviez-vous un plan ?

Élisabeth secoua la tête.

– J'étais simplement obsédée par l'idée de revenir. Ce fut mon projet, pendant des années.

– Vous avez dû y mettre beaucoup d'obstination…

– Après mon départ, je me suis installée dans le Sud. J'ai repris mon nom de jeune fille, mais francisé – ça se faisait après guerre. Et mon second prénom, celui de ma mère. Je voulais me couper du passé. Grâce à l'argent que j'avais tiré de la vente du café, j'ai suivi des études pour être institutrice. Enseigné un temps aux environs de Marseille. Puis en voyant Jean grandir, peu à peu, l'idée s'est imposée à moi. Alors j'ai demandé ma mutation en Moselle. C'était facile, sourit-elle. Les candidats ne se battent pas pour s'installer ici. Et quand l'instituteur de Varange a pris sa retraite, j'ai pu le remplacer. J'étais bien notée à l'académie. Il n'y a pas eu de problème.

– Personne ne vous a reconnue ?

– Je n'étais pas originaire du village. Je n'y avais passé que deux années, après mon mariage avec Johann, et c'était pendant la guerre. Beaucoup étaient partis. Certains ne sont pas revenus ou sont morts depuis. De nouvelles familles se sont installées. Et puis, regardez-moi. J'avais vingt et un ans lorsque j'ai quitté Varange. Près de cinquante à mon retour. J'avais pris beaucoup de poids, mon corps se déformait déjà à cause de l'arthrose. Moi-même, je ne me serais pas reconnue.

Mais des yeux comme ceux-là ne s'oublient pas, pensa Simon.

– Qu'avez-vous décidé de faire une fois sur place ?

Élisabeth éclata de rire. Ce fut si rapide, si incongru que les policiers sursautèrent. Le visage de la vieille dame s'était plissé en une grimace amère.

– Ce que j'ai décidé de faire ? Mais rien !

Elle éclata à nouveau de rire. Elle se moquait, mais pas d'eux, d'elle-même.

– Rien du tout !

– Je ne comprends pas, s'étonna Simon.

– Moi non plus je ne comprenais pas. Toutes ces années à manœuvrer, à m'approcher comme une araignée de sa proie. Et parvenue au but... Fini ! C'était trop tard.

– Difficile à croire.

– Pas tant que ça... Je pense que je me suis accrochée à ce projet parce que je n'en avais pas d'autre pour me tenir debout. Je ne me suis jamais remise de la mort de Johann. Il n'y a pas eu d'autre homme pour moi. Et puis, avec le temps, ma tâche d'institutrice, tous ces gamins...

Elle s'interrompit, cherchant les mots les plus pertinents pour décrire les ressorts de son lent revirement.

– Imaginez Jeanne, enfant.

Troublée, la jeune femme se redressa. Mais Élisabeth leva la main, en un geste d'apaisement.

– Elle était maigrelette, timide. Elle se cognait dans tout, laissait tout tomber. Elle n'avait qu'une défense, elle souriait. Je la regardais: elle me souriait. Il a fallu du temps, mais je lui ai appris à répondre à mes regards sans se cacher. Voilà... Lorsque vous êtes institutrice, vous voyez passer toutes sortes d'enfants. Certains joyeux, drôles, turbulents. D'autres tristes, mal aimés, des enfants qui voudraient fuir, à qui vous apprenez à apprendre parce que, grâce à cela, ils pourront s'échapper. Il est difficile d'aider des enfants à grandir tout en continuant à nourrir une vengeance. En arrivant ici, il ne s'agissait déjà plus que d'un fantasme. Le village avait changé, je n'ai rien reconnu. J'ai eu cette impression que l'on ressent au réveil, lorsque la lumière fait perdre toute réalité aux images de vos cauchemars.

– En un mot : la rédemption !

Kowalski avait explosé. Simon tourna la tête, surpris. Le visage du commissaire était crispé par la colère.

– Vos petites histoires sont attendrissantes ! Mais nous avons deux meurtres à résoudre. Et comme par hasard, le nom de votre mari apparaît pour chacun. De la manière la plus méprisable qui soit. Dans un jeu. Un jeu à côté du cadavre de gamines !

Élisabeth Messager le dévisagea, le regard dur.

– Que croyez-vous que cela me fasse à moi, qu'on joue avec son nom ? Et à quel jeu !

– Une signature plutôt appropriée pour une femme qui voudrait se venger.

– Je vous l'ai expliqué, je n'avais plus de haine.

Face à cet homme qui perdait son calme, elle retrouvait peu à peu la froideur du début de leur entretien.

– Vous avez mené en bateau tout un village pendant trente ans en vous faisant passer pour une personne que vous n'étiez pas. Alors, vous m'excuserez si je ne suis pas convaincu…

– Très bien. De quoi m'accusez-vous ? De m'être traînée hors de mon fauteuil, d'avoir rampé jusqu'à la forêt, jeté deux gamines consentantes au fond d'une crevasse où elles se sont gentiment laissé étouffer, puis d'avoir signé mon crime pour faire planer le fantôme du pendu au-dessus du village maudit ?

– Ça suffit !

Kowalski s'était levé si brusquement que sa chaise bascula sur le sol carrelé.

– Si vous trouvez qu'il y a matière à plaisanter, c'est moi qui vous traînerai, et jusqu'à la morgue. Nous verrons si vous rirez toujours devant le corps de la petite Monchau !

Élisabeth se laissa retomber sur la méridienne. Elle semblait soudain à bout de forces.

– Vous avez raison, commissaire. Il n'y a pas matière à rire.

Elle passa une main lasse sur son front.

– Écoutez, ces gamines n'ont aucun rapport avec la mort de Johann. Cette petite, Odile, sa famille n'est même pas de la région. Et puis… vous voyez bien dans quel état je suis. Je peux à peine me déplacer.

– Vous peut-être, mais votre fils ?

– Jean ?

La voix d'Élisabeth se tendit.

– Il n'a rien à voir avec tout cela. Il n'est même pas au courant pour son père.

– À lui aussi vous avez menti ? Que lui avez-vous raconté ?

– Que Johann avait été tué pendant la guerre. Rien de plus.

– Et il vous a cru ?

Elle semblait ébranlée. Son visage se crispa, révélant un entrelacs de fines rides sous la poudre de riz.

– Je vais à mon tour vous raconter une histoire, reprit Kowalski. Celle d'un petit garçon. Il est différent des autres, il le sent. Et il sent que sa mère, elle aussi, est différente, qu'elle cache des secrets. Un jour, après bien des déménagements, elle l'emmène dans un nouveau village.

Cette fois, ils s'installent pour de bon. Quelque chose a changé. Il ne comprend pas quoi. Alors il cherche. Il a le temps. Et même lorsqu'on n'est pas très malin, à force de chercher, on finit par trouver. Ou par entendre. Il y a toujours quelqu'un qui sait, qui parle… Que pensez-vous de mon histoire ?

– C'est ridicule ! s'exclama Élisabeth. Vous avez vu Jean. Le croyez-vous capable de faire du mal à des jeunes filles ?

– Pourquoi pas ? Il a bien été accusé de harcèlement à la mort d'Alice Mayer.

Élisabeth ferma les yeux. Elle était d'une pâleur inquiétante.

– Je suis fatiguée, murmura-t-elle.

– Où est votre fils, madame Messager ?

Elle secoua la tête.

– Où est-il ? répéta Kowalski.

– Je crois qu'il travaille à la fontaine. La pompe est en panne depuis quelques jours. Il est parti tout de suite après le déjeuner.

Le commissaire lui tourna le dos et, s'adressant à ses subordonnés, laissa tomber :

– Vous allez me le chercher.

En quittant la pièce, Simon se tourna vers l'ancienne institutrice. Les yeux fermés, la tête renversée sur les coussins de la méridienne, elle paraissait totalement vulnérable. Mais il n'avait pas oublié leur première rencontre. Ce jour-là, c'était bien Élisabeth Messager qui leur avait, la première, parlé du jeu du pendu trouvé par le père Sugères.

16 heures

Ce que les villageois appelaient la fontaine était en réalité un ancien lavoir. Le vaste bassin cimenté, couvert d'un toit de tuiles à la charpente de bois, était alimenté par une pompe à main. Jean n'était pas là.

La jeune femme longea le réservoir pour aller actionner la pompe. Un flot clair s'écoula du bec de fonte. Jeanne y passa ses doigts. Lorsqu'elle était enfant, elle venait plusieurs fois par semaine remplir des bouteilles d'eau de source pour la maison. Le jet était puissant et glacé, quelle que soit la saison. Jeanne tenait sa main dessous aussi longtemps que possible. Lorsqu'elle la retirait, après quelques minutes, une chaleur intense irradiait sa peau. Sur le chemin de la maison, alors que le lourd panier cognait contre ses jambes, elle se sentait toujours un peu fébrile, comme si elle avait affronté un interdit.

– En tout cas, la pompe fonctionne, constata Simon.

– Où Jean peut-il être ?

– On devrait passer chez lui.

Jeanne hésita.

– Croyez-vous vraiment qu'il ait joué un rôle dans ces meurtres ?

– Je ne sais pas. Mais Kowalski a raison. Élisabeth Messager ne nous dit pas toute la vérité. Et Jean reste son point faible.

L'endroit où vivait Jean Messager, à quelques centaines de mètres de là, pouvait à peine prétendre au nom de maison. C'était à l'origine un garage, construit sur une étroite parcelle. Deux étages exigus, percés de petites fenêtres, y avaient été ajoutés. Les pierres étaient brutes, on ne voyait pas de volets ni aucun rideau derrière les vitres sales dont certaines portaient encore des numéros de série tracés à la peinture blanche.

Jeanne frappa à la porte coulissante. Aucun bruit à l'intérieur. La jeune femme frappa plus fort. Ils entendirent un claquement. Puis des pas. Des talons cognant sur les marches en bois d'un escalier.

La porte glissa sur le côté en grinçant. Jean coula son torse dans l'entrebâillement. Il portait le même pull en polyester bleu pétrole que le jour de l'interrogatoire.

– Qu'est-ce que…

Jeanne s'avança.

– Bonjour. Vous vous souvenez de nous ?

Jean Messager plissa les yeux, méfiant.

– Nous venons de chez votre mère. Elle nous a dit que nous pourrions vous parler…

Instinctivement, Simon s'était mis en retrait.

L'homme dodelina de la tête, fixant Jeanne. Puis il poussa la porte sur sa glissière de métal. Les roulements auraient eu besoin d'être graissés. Les deux policiers découvrirent l'ancien garage encombré de planches, de meubles démontés, de sacs de ciment et de cageots vides, qui ressemblait désormais à un débarras. Une violente odeur de charogne les saisit. Simon couvrit son nez de sa main, pris de nausée.

Jean Messager remarqua son geste.

– Un chat, expliqua-t-il, en désignant un tas sombre dans un coin. Ils viennent tout le temps ici, à cause des souris, ils pissent partout. Celui-là, il s'est pris un coup de pelle. Je l'ai laissé là, pour décourager les autres…

À l'étage, le salon où il les conduisit était presque dans le même état de saleté que le rez-de-chaussée. Des outils traînaient sur le sol, au milieu de pots de peinture mal fermés et de bâches en plastique. Deux fauteuils dépareillés et un canapé de velours étaient installés près de la fenêtre. Jean resta planté au milieu de la pièce, les bras ballants. Les deux policiers se regardèrent.

– Si on s'asseyait, suggéra Jeanne.

Jean se laissa tomber sur le canapé tandis qu'elle s'installait dans un fauteuil, face à lui. Il semblait à peine avoir remarqué Simon, comme fasciné par la présence de la jeune femme en cet endroit.

– On bavarde un peu?

– D'accord.

Simon recula de quelques pas. Jean ne le regardait toujours pas. Il s'éloigna en silence.

Sur le palier, il tomba sur une seconde porte, qu'il poussa doucement. Il découvrit une petite cuisine, sommairement équipée d'une plaque de cuisson à gaz, d'un réfrigérateur et de quelques placards en formica bleu. Elle ne semblait pas avoir servi depuis longtemps. Simon fit un tour rapide, puis ressortit pour continuer son exploration au second étage. L'escalier de bois qui y menait était aussi raide qu'une échelle de meunier. Simon tendit l'oreille. Il entendait la voix calme de Jeanne, à laquelle répondait de temps à autre, brièvement, celle de Messager. Il s'attarda un moment, s'assurant que tout se passait bien, puis gravit les marches.

Cette partie de la maison semblait mieux entretenue. L'odeur infecte de charogne qui imprégnait l'étage du bas n'y montait pas. Le sol était couvert d'un parquet de chêne clair qui semblait avoir été récemment astiqué. La première porte ouvrait sur une petite pièce mansardée, où s'alignaient plusieurs cartons. « Vaisselle », « couvertures », « linge »… Quelqu'un avait précisé d'une écriture nette le contenu de chaque emballage. Simon se demanda si c'était Élisabeth, et depuis combien de temps ils se trouvaient là, sans avoir jamais été déballés.

Il ouvrit la porte suivante et demeura immobile sur le seuil.

Elle ne contenait pas grand-chose. Un lit double, couvert d'un édredon blanc. Deux tables de chevet, dont l'une supportait une petite lampe de porcelaine rose. Un tapis en laine écrue. Le tout d'une propreté immaculée. Dans un coin, faiblement éclairée par la lumière qui tombait en biais de la fenêtre, une console de bois clair, ornée d'un napperon de dentelle blanche. Une photo en noir et blanc dans un cadre doré était posée dessus. Le portrait d'une jeune femme. Un visage ovale, au menton bien dessiné, aux lèvres pleines, auréolé d'une couronne de cheveux noirs. Élisabeth Messager, quand elle s'appelait encore Mathilde Bot. Dans un vase, à côté du cadre, s'épanouissait une brassée de roses de Noël.

Simon sortit son téléphone de sa poche pour appeler Kowalski.

22 heures

Ces deux-là ne s'étaient pas regardés dans les yeux depuis cinquante ans. Ils étaient assis à un mètre l'un de l'autre, mais entre eux le silence était si ancien, si tenace qu'il était difficile d'y glisser autre chose que des banalités.

Lorsque le téléphone avait sonné, si tard le soir, Charles Caspar s'était attendu à une mauvaise nouvelle. Puis il avait entendu la voix d'Élisabeth. Elle lui demandait de venir ; il était parti aussitôt, sans poser de questions.

Enveloppée dans un grand châle de laine, elle le jaugeait, hésitant encore. Pourtant elle savait qu'elle n'avait plus le choix. Bientôt, tout le village saurait la vérité.

Elle se lança, d'une voix éraillée, qui résonna étrangement dans la pièce aux rideaux tirés.

– Tu sais qui je suis ?

– Oui, je le sais.

– Depuis quand ?

Charles soupira.

Depuis quand ? Elle était entrée dans son bureau à la mairie et s'était présentée : « Élisabeth Messager, la nouvelle institutrice. » Il avait levé la tête du registre sur lequel il travaillait pour découvrir une femme d'un certain âge, à la silhouette épaisse, qui s'appuyait sur une canne. Il lui avait tendu la main avec un sourire de bienvenue, et c'est alors qu'il avait remarqué ses iris. Leur couleur singulière. Lorsque à son tour elle avait tendu la main, l'air soulevé par son mouvement avait transporté jusqu'à lui un délicat parfum de lys. Est-ce qu'il avait su à ce moment-là ? Sans aucun doute.

Il s'était demandé pourquoi elle était revenue. Si elle avait l'intention de réclamer des comptes. Il l'avait observée longtemps. Mais il ne s'était rien passé. Peu à peu, Charles avait repoussé Mathilde au fond de sa mémoire et accepté Élisabeth. Parce que c'était plus facile.

Ils avaient vécu dans le même village, s'étaient côtoyés, salués, avaient échangé des informations concernant l'école, dans un aveuglement volontaire.

– Je le sais depuis toujours, répondit-il enfin.

Élisabeth baissa la tête. C'était difficile. Mais il fallait que les choses soient dites.

– Faisais-tu partie de la bande qui a exécuté Johann ?

Charles détourna les yeux vers le fond obscur de la pièce, sans répondre.

– Tu étais le chef. Tu l'as toujours été. Tu n'avais qu'à dire un mot, ils t'obéissaient. Est-ce toi qui as donné l'ordre ?

Lorsque Charles prit la parole, sa voix était profondément lasse.

– Pourquoi remuer tout cela ?

– Tu ne vois donc pas ce qui se passe ?

– De quoi parles-tu ?

– Des meurtres !

– Où veux-tu en venir ?

– Les policiers ont trouvé un autre rébus à côté du corps d'Odile. Toujours le jeu du pendu, avec une lettre de plus… Quelqu'un a écrit le nom de Johann à côté de chaque cadavre.

– Comment es-tu au courant ?

– Armand… Il a révélé mon identité aux policiers, à cause de ce maudit jeu. Il m'a appelée avant. Pour me prévenir.

Charles secoua la tête. C'était donc cela.

– Tu ne comprends pas ? s'impatienta Élisabeth. Ceux qui ont pendu Johann sont menacés ! Ils vont être frappés les uns après les autres.

– Menacés par qui ?

– Combien étiez-vous ? Qui faisait partie du groupe ? Dis-le-moi !

Charles regarda ses mains criblées de taches brunes, les veines saillantes, des mains de vieux.

Combien étaient-ils ? Quatre. Cinq en comptant la femme qui avait retardé Mathilde à la fin de la messe – celle-là ne savait pas ce qu'ils prévoyaient, ils lui avaient seulement parlé de donner une leçon au bistrotier. Cinq. Mais près de la moitié du village était complice.

Lorsque Johann Ziegler était sorti de l'église, ils l'avaient entouré, sans un mot. Il s'était rebiffé, mais Charles avait sorti son couteau et lui avait appuyé la lame contre le flanc. À quelques pas de là, les gens continuaient de descendre les marches, détournant la tête pour ne pas voir la scène qui se déroulait sur le parvis.

Ils l'avaient poussé à l'intérieur du cimetière, l'encadrant de leurs corps, le guidant le long des allées vers le haut de l'enclos. Un moment, Johann avait glissé sur une plaque de glace et ils s'étaient pressés autour de lui pour le soutenir. Charles avait senti la chaleur de son souffle sur sa joue.

Johann respirait vite, il avait peur, mais lorsque les hommes s'étaient écartés, il s'était redressé. Debout face à eux, près du Dieu Piteux, il avait lâché, dans une sorte de soupir : « C'est moi, les gars. Voyons, c'est moi... »

Ils se connaissaient tous depuis l'enfance, ils habitaient les uns à côté des autres, avaient été à l'école ensemble, avaient joué au foot ensemble et fait de la luge dans les prés, derrière le ruisseau.

À côté de lui, Charles avait senti l'un de ses compagnons faiblir. Il avait accéléré le mouvement. Lorsqu'il avait sorti la corde de derrière la statue, les yeux de Johann s'étaient écarquillés. Deux des hommes l'avaient immobilisé, l'autre lui avait fourré un mouchoir dans la bouche pour l'empêcher de crier. Des larmes et de la morve coulaient sur son visage. Charles avait prononcé la sentence.

La suite ressemblait à un cauchemar. Johann, recroquevillé à terre, gémissant doucement, comme un enfant. C'était un poids mort qu'il avait fallu monter dans l'arbre. Tandis que les uns l'attrapaient par les jambes, les plus costauds s'accrochaient à la corde, tirant de toutes leurs forces. Il avait mis longtemps à mourir.

Charles Caspar releva la tête. Face à lui, Élisabeth attendait qu'il lui réponde. Ses mains noueuses croisées sur le châle de laine étaient tachées comme l'étaient les siennes. Ils étaient si âgés tous les deux, si lourds de chagrin.

– L'époque était terrible, murmura-t-il. Terrible. Les hommes accablés par la défaite. Humiliés. Les déportations, les Allemands qui dirigeaient tout. Qu'il fallait saluer en levant son chapeau. Ils ont voulu laver l'affront.

– En pendant un homme ?

– Johann et toi... Pendant que les autres souffraient, que les familles étaient séparées, qu'on mangeait des patates parce qu'il n'y avait rien d'autre à la maison, vous faisiez de l'argent avec les Allemands.

– C'est pour l'argent que tu l'as tué ?

– Les gens lui en voulaient. À toi aussi. On te trouvait fière, prétentieuse.

Élisabeth eut un sourire amer.

– Johann n'a jamais rien fait de mal. Il n'a pas espionné, dénoncé, comme d'autres. Ni défilé avec les SS. Il n'a fait que sauver son café. Quant à moi...

Elle ? Elle, circulant entre les tables avec ce sourire qui ne s'arrêtait sur personne... Elle, et son rêve d'acheter une maison dans ce Pays-Haut d'où elle venait, une bâtisse trapue et austère comme la ferme où elle avait vécu avec sa mère. Elle, le soir, lorsqu'elle rangeait la recette dans la boîte de métal cachée sous les lattes de la chambre, heureuse. Se coulant sous les draps, se glissant sur Johann, le sentant chavirer, émerveillé et un peu perdu comme face à un paysage trop vaste pour lui.

Charles soupira.

– C'était devenu invivable au village. La guerre se terminait, pourtant l'atmosphère était pire que pendant l'Occupation. Les familles qui rentraient d'exil retrouvaient leurs maisons sens dessus dessous, les jardins dévastés, les meubles volés par les voisins. On se traitait de collabos. Je n'ai jamais vu autant de haine. On m'a nommé maire parce que j'avais tiré sur des Allemands. Mais je n'étais qu'un gamin. J'avais à peine vingt ans… Je me suis laissé convaincre.

– Tu t'es laissé convaincre ?

Élisabeth ferma les yeux, accablée.

– Écoute…

La voix du vieillard s'était faite presque suppliante.

– Je vous ai protégés toi et le petit, tu le sais. Tout le temps où tu es restée couchée, les femmes se sont relayées près de toi. Personne ne t'a touché, personne ne s'est permis de te parler mal… Quand tu as quitté le village, j'ai perdu le sommeil. Et quand je réussissais à dormir, je sentais ton parfum dans mes rêves. Tu ne peux pas imaginer combien je t'aimais, Mathilde.

– Tu ne m'aimais pas, coupa-t-elle. Tu n'as jamais aimé personne que toi-même. J'appartenais à un autre, alors tu me voulais.

Elle reposa la question qui lui importait.

– Qui étaient tes complices?

Le vieil homme secoua la tête.

– Charles, s'il te plaît… Les policiers ont emmené Jean.

– Mais pourquoi? s'étonna-t-il.

– Ils m'ont dit qu'ils avaient trouvé une photo chez lui, des indices compromettants. Ils n'ont pas voulu me donner plus de détails. Ils n'ont même pas voulu que je le voie, que je… que je lui fasse passer des vêtements, quelque chose pour la nuit. Ils m'ont seulement conseillé d'appeler un avocat.

Élisabeth semblait désemparée.

– Il ne saura pas se défendre. Le commissaire… Il pense que Jean a pu découvrir la vérité sur son père.

– Tu n'imagines tout de même pas qu'il soit le meurtrier?

– Je ne sais plus quoi penser.

Elle serrait ses mains si fortement l'une contre l'autre que Charles vit ses veines saillir.

– Écoute Élisabeth, reprit-il d'une voix plus sereine. Tu sais bien que Jean est incapable de commettre d'aussi horribles crimes. Je vais te dire qui étaient les autres. Il y avait Albert. Albert Leroy. Il est mort il y a cinq ans. Gilles Mathis. Mort aussi. Et puis le petit Sylvain Weiler. Lui, c'était un résistant de la dernière heure…

Charles eut une moue de mépris.

– … un froussard. Il est parti dans le Nord, il y a plus de vingt ans. Tu vois bien qu'ils n'ont aucun rapport avec les morts d'aujourd'hui.

– Je ne comprends pas, souffla Élisabeth, après un long silence. Non, je ne comprends pas.

Elle serra son châle de laine autour de ses épaules sans réussir à se réchauffer.

Après le départ de Charles, elle demeura longtemps ainsi. Il fallait qu'elle réfléchisse. Elle avait la sensation que quelqu'un s'était glissé dans sa propre folie.

Vendredi 17 décembre

8 heures 30

Jean Messager n'avait rien avoué. Puis tout.

Comme l'espérait Kowalski, la nuit en cellule l'avait rudement éprouvé. Au petit matin, le commissaire avait déposé devant lui une tasse de café dans la salle d'interrogatoire. Debout, le dominant de sa silhouette massive, il l'avait laissé boire quelques gorgées. Ensuite, il l'avait écrasé de questions.

Jean avait tenu bon près de vingt minutes. Ses yeux clignotaient derrière les verres maculés de ses lunettes. Du coin de la pièce où elle se tenait, près de Simon, Jeanne pouvait presque voir sa pensée se heurter aux os de son crâne, rebondir pour attraper un mot, une phrase à répéter. Sa mère aurait voulu qu'il se taise. Mais comment résister? L'autre, au-dessus, lui martelait la tête avec sa voix forte. Comme à l'école, autrefois, lorsque les questions affluaient telle une colonie de fourmis rouges.

Le policier voulait savoir pour la photo. Ça, il pouvait l'expliquer. Sa mère l'avait mise au fond d'un tiroir dans le grenier, avec un tas de vieilles choses. Il l'avait trouvée belle. Alors il l'avait emportée dans sa maison. Dans toutes les maisons, on trouve des photos de famille.

Qu'y avait-il d'autre dans le tiroir? Il ne se souvenait pas. Des morceaux de bougies, des papiers… Une petite bague. Rien d'intéressant.

Les roses de Noël à côté du cadre, sur la commode? C'était parce que sa mère les aimait.

Et celles qu'il avait posées près du Dieu Piteux après le meurtre de Nathalie?

Les yeux de Jean avaient recommencé à papillonner. Maintenant, il fallait se taire.

Mais l'autre continuait. Le jeu du pendu, le Dieu Piteux, Nathalie… Sous son crâne, les fourmis étaient revenues. Il les avait vues, au cinéma, attaquer un homme attaché sur le sol. Elles déferlaient depuis les herbes rases de la savane, grimpaient sur son corps sans ralentir. Voilà ce qui l'avait effrayé, elles ne ralentissaient pas. Et tandis que l'homme hurlait, elles s'insinuaient dans son nez, ses yeux, sa gorge, continuaient de tracer leur chemin à l'intérieur de lui.

Jean se mit à gémir. Sa tête explosait.

Une voix douce murmurait:

– Tout va bien, calmez-vous… Dites-nous seulement la vérité. Ensuite, vous pourrez vous reposer.

Alors il avait raconté. Les bouts de bois déposés près du chêne dans le cimetière, trois à l'horizontale, plus un A et un N. Et les fleurs à côté.

Comment il avait tué Nathalie? Il l'avait poussée dans la crevasse. Après, il ne se souvenait plus.

Il était fatigué maintenant, il avait tout dit, il voulait se reposer. Rentrer chez lui.

Jeanne, qui s'était agenouillée près de sa chaise, capta le regard de Simon. Il semblait aussi dubitatif qu'elle. Kowalski avait surpris leur échange. Il restait persuadé que le fils d'Élisabeth avait joué un rôle dans les meurtres des gamines. Mais avec des aveux aussi laconiques, il savait qu'il serait difficile de prouver quoi que ce soit.

– Ce que vous venez de nous confier est très grave, Jean, expliqua la jeune femme. Vous risquez des années de prison. Nous devons être sûrs qu'il s'agit de la vérité. Racontez-nous. Avec tous les détails.

Messager leva les yeux vers elle. Il avait le visage d'un homme qui se noie. Puis il se mit à saigner du nez, à flots. Il regarda le sang couler, incrédule, les mains tendues comme pour le recueillir, et s'effondra sur le sol.

– Un médecin, hurla Kowalski, vite !

Au même instant, on frappa à la porte. Un jeune policier glissa la tête dans l'entrebâillement. En apercevant Jeanne agenouillée près d'un corps, un mouchoir ensanglanté à la main, il eut un geste d'affolement. Mais il se reprit et, d'un air faussement détaché, annonça :

– Commissaire, un appel de Paris. C'est important.

16 heures

Simon repoussa la porte du garage, en se disant qu'il n'aurait pas tenu une minute de plus.

Avec Jeanne, ils avaient exploré trois heures durant la tanière nauséabonde de Jean Messager à la recherche d'un morceau de corde, d'une boîte de Zolpidem, d'un indice quelconque qui permettrait de confirmer ses aveux. En vain. Ses vêtements, sa peau lui semblaient imprégnés de la puanteur des lieux. Elle restait collée au fond de ses narines. Il avait besoin de sentir sur lui l'air frais du dehors.

Tellier était déjà dehors. Il les avait accompagnés sans conviction, à la demande de Kowalski. Le commissaire faisait confiance à l'acuité de son regard. Tout en donnant l'impression de se promener avec nonchalance à la surface des choses, Tellier repérait souvent le petit accroc que les autres n'avaient pas remarqué. Mais cette fois, il n'avait pas mis son don à l'épreuve. Après avoir ouvert quelques tiroirs, il était sorti fumer une cigarette.

Lorsqu'il aperçut ses collègues, il leur désigna deux cageots de bois qu'il avait traînés au soleil. Jeanne s'installa près de lui tandis que Simon restait debout, déambulant de long en large.

– Kowalski perd la main, décréta Tellier.

Jeanne lui jeta un regard étonné.

– Que veux-tu dire ?

– Ce type… Jean Messager… Vous pensez vraiment qu'il est assez futé pour combiner des meurtres si compliqués ?

– Il est peut-être moins idiot qu'il ne paraît, suggéra Simon.

– Pour la petite Monchau, je ne vois vraiment pas comment il aurait pu faire. Imaginons qu'il ait décidé de se balader en forêt après son travail à la fontaine : il aurait fallu un sacré hasard pour qu'il se retrouve en même temps qu'elle à proximité de la crevasse. Et une sacrée chance pour qu'il transporte une corde avec lui.

– C'est vrai… répondit Simon. Mais il paraissait parfaitement au courant pour le jeu du pendu.

– Tout le monde l'est dans le village.

Tellier soupira, laissant retomber sa nuque contre le mur.

– C'est tranquille ici. J'ai parfois envie de m'installer dans une maison comme ça, à la campagne.

– En compagnie d'une charogne de chat ? demanda Simon.

Ils éclatèrent tous les deux de rire. C'était bon, après ces journées de tension. Tellier s'étira, puis alluma une nouvelle cigarette.

– Il te voulait quoi, Kowalski, lorsqu'il t'a convoqué dans son bureau ? Ça avait l'air sérieux.

L'incident s'était déroulé juste après le départ de Messager pour l'hôpital. L'interrogatoire avait fini dans la confusion. Le Samu était arrivé, les urgentistes avaient rapidement examiné Jean. Rien de grave, selon le médecin, une crise de panique. Mais il allait le garder en observation pour la nuit. Aussitôt rassuré, le commissaire avait fait signe à Dreemer, et ils s'étaient enfermés dans son bureau. Longtemps.

Le visage offert au soleil d'hiver, Simon répondit tranquillement.

– Rien d'important, rien qui ait à voir avec notre affaire.

– OK, répondit Tellier. Comme tu veux. On y va ?

Jeanne se leva. Simon la suivit, hésitant.

– Écoutez, si ça ne vous fait rien, je vais rester un peu.

Les deux autres le regardèrent, perplexes.

– J'ai vu que le café sur la départementale proposait aussi des chambres.

– Et alors ? demanda Tellier.

– J'aimerais passer la nuit ici.

Tellier haussa les épaules. Mais en claquant la portière de la voiture, Jeanne regretta de ne pas avoir protesté. Elle n'appréciait pas l'idée de laisser Simon seul au village, troublée qu'il en arpente les rues en son absence.

17 heures

Sur le mur du cellier, la trace s'était encore étendue. Elle filait tout droit vers le haut, vers l'échancrure du soupirail par lequel on déversait autrefois le coke pour la chaudière. Dans la pénombre trompeuse, elle ressemblait à une tige ligneuse cherchant le soleil.

Joseph Mayer détourna le regard. Il tenait son crayon à la main, mais ses pensées étaient ailleurs. Le geste suspendu, les sourcils froncés, il se demandait quoi faire.

L'odeur était revenue, plus forte que jamais. Il l'avait sentie ce matin en descendant chercher des pommes dans la cave, douceâtre, écœurante. Et la nuit dernière, il avait entendu un bruit. Ce bruit, il lui semblait l'avoir reconnu.

Tout cela n'avait aucun sens. Pourtant les cauchemars étaient de retour. Lui, couché au fond d'un trou, l'eau dégoulinant le long des parois. Il aurait voulu bouger, se sauver, mais ses membres étaient comme pétrifiés. L'eau continuait de monter. Elle submergeait ses épaules, sa nuque, son cou. Elle glissait sur ses lèvres, s'insinuait dans ses narines. Il luttait, ouvrait la bouche pour hurler, mais l'eau y rentrait à flots, étouffant son cri.

Joseph sortit du cellier en traînant les pieds, puis, après un moment d'hésitation, se dirigea vers l'autre bout de la cave. Sarah devait rentrer tard dans la soirée. Il fallait qu'il en ait le cœur net. Il poussa une porte, fit quelques pas dans le couloir sombre, reniflant l'air par petites aspirations. Une porte encore, et il se retrouva dans une pièce encombrée qui servait de débarras. L'odeur venait de là.

Autrefois, ce réduit faisait office de buanderie. Joseph se souvenait encore du temps où sa femme y laissait tremper les vêtements sales, avant de les frotter avec une brosse de crin. Elle y avait aussi installé une lessiveuse, dans laquelle ils stérilisaient les bocaux de légumes et de fruits cueillis dans le jardin, à la fin de l'été. Le grand évier de pierre ne servait plus depuis longtemps. Il était encombré de cartons, l'eau coupée. Mais la trappe du tout-à-l'égout existait toujours.

Joseph déplaça le coffre en osier et le vieux fauteuil en velours qui avait appartenu à sa mère. Il attrapa l'anneau scellé au milieu de la lourde plaque de fonte recouvrant la trappe, tira pour la dégager de son logement, puis la traîna sur le sol, haletant sous l'effort. Le métal crissa sur le béton. C'était le son qu'il avait entendu la nuit passée. Il reprit son souffle puis se pencha sur le trou béant. Peu à peu ses yeux se faisaient à l'obscurité. Il poussa un soupir douloureux. Il avait trouvé ce qu'il cherchait.

19 heures 30

Noël approchait. Kowalski avait l'impression qu'il commençait à s'y habituer. Comme la peau d'un brûlé s'habitue, mois après mois, à la pression des choses. La douleur apprend la patience. L'année où Lisa était morte, il s'était enfermé dans la cave de la maison et il avait hurlé. Si fort que son cri s'était entendu à travers les masses de pierre, les murs d'un mètre d'épaisseur de la vieille ferme où ils habitaient alors.

Malgré la migraine qui lui vrillait le cerveau, il se replongea dans le dossier de l'enquête. Pour Lisa, il n'avait rien pu faire, pas même accuser sa femme. Mais Nathalie, Odile étaient les victimes d'un meurtrier. Et c'était son boulot de le retrouver.

Jeanne était passée en fin d'après-midi : la fouille de la maison de Messager n'avait rien donné. Dès le départ, elle avait semblé convaincue qu'il en serait ainsi. Dreemer aussi. Pourtant, ils avaient joué le jeu.

Ils formaient une bonne équipe : elle tout en écoute, en frémissements ; lui rapide, tranchant. Ils avaient l'air de s'entendre. Tant mieux. Le commissaire commençait à apprécier Dreemer. À deviner ses fêlures. Les paysages plats l'ennuyaient. Une brisure dans l'horizon, à peine perceptible, leur donnait de la profondeur.

Le téléphone sonna, l'arrachant au silence où ses pensées vagabondaient.

– Oui ? Qui ça ? Bien… Non, faites-les monter.

Quelques minutes plus tard, la porte s'ouvrit sur le fauteuil roulant d'Élisabeth Messager. Derrière elle se tenait un homme âgé, à la carrure imposante. Charles Caspar.

Ils arrivaient de l'hôpital, où ils étaient passés prendre des nouvelles de Jean.

Élisabeth Messager se tenait assise bien droite, vêtue d'une pelisse noire et chaussée d'élégantes bottines à talons. Étrangement, elle paraissait plus démunie que lorsque Kowalski l'avait rencontrée la première fois, allongée sur son divan de malade.

Elle remercia le commissaire de les recevoir. Elle avait conscience qu'il était tard, mais pensait que Charles détenait des informations qui pouvaient l'intéresser.

– C'est à propos de Johann, précisa-t-elle.

Mal à l'aise, Caspar se tenait de guingois derrière elle. Il secoua son grand corps pour s'approcher du bureau. Une forte odeur de tabac se dégageait de sa veste de chasse.

Kowalski se contenta de le suivre des yeux. L'autre dénoua ses doigts nerveusement, puis les plongea au fond de ses poches, avant de se lancer.

En phrases brèves, il rapporta la conversation qu'ils avaient eue, Élisabeth et lui, la veille. Son rôle dans l'exécution de Ziegler en 1944. Les noms des autres personnes impliquées.

– Vous voyez, les meurtres de Nathalie et d'Odile n'ont rien à voir avec la mort de Johann, enchaîna Élisabeth.

– Si je comprends bien, madame Messager, vous faites alliance avec l'homme qui a assassiné votre mari, commenta Kowalski avec ironie. Vous tous n'avez cessé de mentir durant des années, et il faudrait maintenant que je vous croie ?

– C'est justement parce que j'ai demandé de l'aide à cet homme-là que vous devriez me croire, commissaire, murmura Élisabeth.

Kowalski s'enfonça un peu plus dans son fauteuil. Il prit son temps avant de poursuivre.

– Et comment expliquez-vous le jeu du pendu ?

– Je ne l'explique pas, reconnut Caspar.

Élisabeth demeura silencieuse. Elle savait bien qu'à un moment ou l'autre, il faudrait en arriver là.

– Peux-tu nous laisser, Charles ?

Caspar haussa les épaules et sortit sans un mot.

Kowalski reporta son attention sur Élisabeth. Immobile, la vieille femme le jaugeait de ses yeux violets. Elle semblait hésiter sur la façon d'aborder la suite de l'entretien.

– J'ai fait quelque chose... Quelque chose dont j'ai terriblement honte. Charles n'est pas au courant. Personne...

– Continuez.

– Quand j'ai appris le meurtre de Nathalie, je ne sais pas ce qui m'a pris. Je pensais vraiment en avoir fini avec le passé...

– Soyez plus précise.

Élisabeth baissa la tête. À la racine des cheveux, la poudre avec laquelle elle s'était maquillée s'accumulait en une ligne plâtreuse.

– J'ai toujours su que Charles faisait partie des assassins de Johann, reprit-elle d'une voix sourde. Personne n'aurait eu le cran sans lui. Quand Nathalie est morte, j'ai pensé, voilà ! Il va enfin comprendre ce que c'est... Voir mourir quelqu'un qu'on aime de façon aussi atroce.

Sa voix tremblait.

– Toutes ces années, je l'ai regardé se pavaner dans le village, jouer les importants, donner des leçons. Prospérer. Comme si rien ne s'était passé. Je me suis dit : je vais mettre une pierre sur son chemin bien lisse. Juste pour qu'il se souvienne. Et qu'il sache que d'autres n'ont pas oublié.

– Le jeu du pendu... c'était vous ?

– Jean l'a disposé à ma demande. J'ai vite regretté. Lorsque je me suis retrouvée face aux parents de Nathalie au cimetière, je me suis sentie tellement… méprisable. Mais le pire est arrivé ensuite.

– De quoi voulez-vous parler ?

– Quelqu'un a placé un nouveau rébus près du corps de la petite Odile. Avec une lettre supplémentaire. Seulement cette fois, nous n'y étions pour rien.

Kowalski digéra l'information. Les mains abandonnées sur les genoux, Élisabeth semblait attendre un verdict. L'aveu lui avait visiblement coûté, mais pouvait-il pour autant lui faire confiance ? En refusant de tourner le dos au passé, en revenant à Varange, elle avait enfermé son fils dans un piège : il avait grandi parmi des fantômes mais croyait être le seul à sentir leur présence. Sa mère faisait semblant de les ignorer. Qui sait combien la peur avait pu abîmer l'enfant qu'il était.

Pourtant, si Élisabeth disait vrai, si quelqu'un d'autre avait déposé le second rébus, l'enquête voyait s'ouvrir de nouvelles perspectives.

Il tira son fauteuil pour s'installer face à la vieille femme.

– Jean a peut-être quelques secrets pour vous, fit-il remarquer. Mais imaginons que vous ayez raison, qu'il n'a joué aucun rôle dans la mort de ces gamines…

Élisabeth releva la tête.

– Le meurtrier aurait pu reprendre le rébus pour diriger les soupçons sur lui, ou sur vous… Il faudrait pour cela qu'il connaisse les circonstances de la mort de Johann. Et surtout votre véritable identité. Voilà qui réduit sensiblement le champ des possibilités. Avez-vous une idée de qui ce pourrait être ?

– Je ne vois pas, répondit-elle après un moment. Tous ceux à qui je songe sont des gens âgés.

– Une personne qui aurait consulté les archives d'Armand Keller ? suggéra Kowalski.

– C'est possible. À moins que…

Elle leva soudain les sourcils, perplexe.

– Vous pensez à quelque chose ? l'encouragea le commissaire.

– Je ne sais pas.

– Prenez votre temps.

Mais Élisabeth secouait la tête.

– Non, vraiment, je ne sais pas.

Quand elle quitta la pièce, Caspar poussant son fauteuil, Kowalski eut pourtant la certitude qu'elle mentait.

Samedi 18 décembre

8 heures 30

Simon avait donné rendez-vous à Jeanne dans le restaurant de l'hôtel. Avant de se mettre en chemin, ils burent un café en regardant le soleil se lever à travers les vitres embuées.

C'était une de ces journées étranges, comme en connaît la Lorraine en hiver, où l'air semble soudain se figer, blanc de brouillard et de givre. La jeune femme sentait son esprit se délier, pour la première fois depuis son retour à Varange. Elle glissa un doigt sur la fenêtre froide, faisant naître une arabesque de lumière feutrée.

Simon l'avait appelée la veille, alors qu'elle quittait le commissariat. Il avait appris du propriétaire de l'hôtel qu'un sentier permettait de grimper sur le crassier à une centaine de mètres à l'arrière du bâtiment. Il avait envie de voir le village de là-haut. Jean Messager se trouvait à l'hôpital. Kowalski leur permettrait sûrement de souffler un peu.

Jeanne connaissait bien le chemin. Ils traversèrent un cours d'eau peu profond, à l'arrière de l'hôtel, passant près de l'énorme valve de fonte qui vomissait autrefois l'eau pompée au fond de la mine. La jeune femme se souvenait d'un bouillonnement jaunâtre, sur lequel flottait de la mousse sale. Le sentier en lacets débutait juste à côté.

Ils mirent plus d'une demi-heure pour atteindre le sommet. Par endroits, la piste disparaissait à cause du ravinement, il leur fallait se retenir aux buissons mal ancrés dans un amalgame de crasse et de terre. Mais cela valait la peine. Depuis la butte, Varange révélait une beauté déconcertante. Le ruban des façades collées les unes aux autres au fond de la vallée sinueuse, les jardins jusqu'à la limite de la forêt, les collines tout autour, hérissées d'arbres dénudés, et le plateau, ses vagues d'herbe rase, presque une lande, austère et immobile, au ras du ciel.

Ils progressèrent un long moment vers l'est, leurs pas s'étouffant sur le sol comme dans de la cendre. Le crassier s'appuyait au plateau durant des kilomètres, monstrueux serpent de déchets qui s'était allongé au cours des décennies. Puis le chemin s'arrêta brutalement. La jeune femme marcha jusqu'à l'aplomb du précipice. En contrebas, des engins de chantier avaient ouvert une immense brèche.

– Que font-ils ? demanda Simon.

– Ils extraient la crasse et la transforment en revêtement pour les routes. Un jour, on ne verra plus que des arbres par ici, comme dans n'importe quelle campagne. Mais cela prendra du temps. Il faudra au moins vingt ans pour venir à bout de ce que les hommes ont extrait de la mine.

Jeanne s'assit au bord du vide. Simon la rejoignit. Il y avait de l'oxygène sur ces hauteurs, il pouvait enfin respirer. Le paysage fragmenté dans lequel il avait la sensation de se perdre depuis son arrivée commençait à s'organiser sous ses yeux, avec ses lignes de force, son premier plan et son horizon.

– Il s'est passé du nouveau dans l'affaire que je suivais à Paris.

Il avait parlé sans presque s'en rendre compte.

– La mère de Jérémie… Elle s'est attaquée à son petit frère. Mais cette fois, son mari l'a surprise.

– Comment va l'enfant ? souffla Jeanne.

– À peu près bien, heureusement. Le père avait oublié des documents à la maison. Quand il est revenu les chercher, il a entendu des bruits bizarres dans la salle de bains. Elle était en train d'enfoncer la tête de son fils sous l'eau… Il paraît qu'elle a simplement souri, d'un air détendu, en prétendant qu'ils s'amusaient. Elle maintient cette version. Mais les médecins ont trouvé d'autres traces suspectes sur le corps du petit.

– Alors vous aviez raison, ce n'était pas un suicide.

Simon se contenta de hocher la tête, regardant loin devant lui, vers les vagues immobiles du plateau.

– On est bien ici, murmura-t-il.

– Mon père aimait venir s'y promener.

– Parce qu'il y a de l'air ?

– De l'air. De la lumière.

– Il devait en avoir besoin… Est-ce qu'il vous parlait souvent de son travail ?

– Rarement. Il était boutefeu, premier mineur. Les gens comme lui, on les appelait les « seigneurs ». Les seigneurs de la mine.

– J'imagine qu'il était fier.

– Quand les puits ont fermé, il n'a pas trouvé ça triste, comme certains. Pour lui, ce métier était d'un autre âge. Mais lorsque nous montions sur le crassier, c'est vrai, il était fier. Il me disait: « Regarde tout ce qu'on a sorti de nos bras ! »

Jeanne repensa à une photographie qu'elle avait trouvée dans un tiroir, après la mort de son père. Une image en noir et blanc, prise au fond, à l'heure du casse-croûte. Les hommes étaient assis autour d'une table à tréteaux, sur des bancs de bois, un casque sur la tête, le visage sali de terre. Jules Modover se tenait debout, un peu en retrait. Les mains sur les hanches, il souriait. Il donnait l'impression d'être chez lui.

– C'est difficile de penser à la place des autres… Mais je crois qu'il aurait été impressionné de voir tout ça, conclut-elle en contemplant l'énorme chantier en contrebas.

Elle se tourna vers Simon.

– Pourquoi avez-vous voulu passer la nuit au village ?

– J'aurais du mal à l'expliquer. Parfois, au cours d'une enquête, il m'arrive d'avoir des sortes de… pressentiments. Mais depuis le début de cette affaire, tout est opaque. J'ai pensé qu'il fallait changer de point de vue.

– Et maintenant, que voyez-vous ?

La jeune femme le fixait avec gravité. Simon comprit soudain pourquoi il lui avait proposé cette escapade. Qui d'autre aurait su l'écouter ainsi ? Jeanne était de ces êtres rares, apparemment formatés par la vie, mais, comme la terre d'ici, chahutés de mouvements intérieurs, sensibles au moindre appel d'air.

– Je vois un paysage paisible, répondit-il. On a envie de se réfugier dans ce village. À l'abri du vent et du ciel. Mais l'impression est trompeuse.

– Pourquoi ?

– Dessous se cachent des failles. Les fractures de la guerre, les vieilles haines… Et puis la mine. Je ne peux pas m'empêcher de penser qu'elle a un rapport avec ces meurtres.

– Comment cela ?

Laissant glisser sa paume sur le sol, Simon choisit un morceau de crasse qu'il fit rouler entre ses doigts. Il était léger et dur, comme de la lave cristallisée.

– Le père de Nathalie était mineur. À cause de lui, trois hommes sont morts au fond. Celui d'Odile organise l'ennoyage des galeries. La mine encore. Et comme par hasard, c'est par la mine que les deux gamines sont mortes.

– Qu'imaginez-vous ? Une vengeance ?

– Pensez à ces nœuds qui entravaient les corps. Pourquoi les avoir copiés sur ceux du Dieu Piteux ?

– Une allusion à la mort de Johann Ziegler, comme le rébus.

– Je ne crois pas. Il y a davantage. Quelque chose de… sacrificiel dans cette mise en scène.

– On sacrifierait des jeunes filles à la mine… ?

Jeanne semblait dubitative.

– C'est plus compliqué. La haine et la fascination vont souvent de paire. Comme la douleur et la jouissance. Regardez la statue du Dieu de Pitié. Cette façon dont le sculpteur exhibe sa souffrance. Sous prétexte d'émouvoir, il remue la boue.

– Le sang et la boue, murmura la jeune femme.

Le silence s'appesantit entre eux. Puis le téléphone de Jeanne sonna. Elle écouta, répondit par monosyllabes. Son visage avait pâli.

– C'est Kowalski, annonça-t-elle après avoir raccroché. Il veut que nous retournions à Varange. Élisabeth Messager a disparu.

11 heures 30

Dans son affolement, l'infirmière avait laissé la porte de la maison entrouverte. Le vieux chat borgne s'était glissé dans l'embrasure et reniflait avec méfiance l'air glacial du dehors. Simon se pencha, mais l'animal creusa le dos, se dérobant avec une souplesse inattendue à sa caresse avant de disparaître dans le couloir sombre.

Madame Würth se tenait dans la grande cuisine où ils avaient interrogé Élisabeth Messager deux jours auparavant. Une cinquantaine d'années, petite et ronde dans un duffle-coat marine. Ses cheveux courts se hérissaient en épis grisonnants sur le sommet de son crâne.

– Vous êtes de la police ? s'exclama-t-elle en se pressant à leur rencontre. C'est moi qui ai téléphoné. J'ai fait le tour de la maison, elle n'est pas là ! Et son fauteuil roulant a disparu. Avec toutes ces histoires, je me suis affolée…

Simon leva la main d'un geste apaisant.

– Elle est peut-être chez des parents, ou des amis.

– Elle m'aurait prévenue ! Je l'aide pour sa toilette tous les matins. Je suis allée chez la voisine, elle m'a dit lui avoir apporté une assiette de soupe hier soir. Madame Messager n'a pas parlé de s'absenter.

Simon jeta un coup d'œil autour de la pièce. Tout était en ordre, la vaisselle propre, posée sur l'égouttoir.

– Est-elle capable de se lever seule ?

L'infirmière acquiesça.

– Elle peut faire quelques pas avec sa canne. Mais c'est très douloureux. Sans ses médicaments, elle souffre beaucoup.

– Kowalski m'a raconté que madame Messager était passée le voir avec Charles Caspar, hier, intervint Jeanne. Je fais un saut chez lui, il sait peut-être où elle se trouve. Je parlerai aussi à la voisine.

– D'accord, je visite la maison en attendant.

Simon poussa une porte à moitié dissimulée par un gros bahut. Elle donnait dans la chambre d'Élisabeth. Les volets étaient fermés, la température glaciale. Simon tâtonna sur le mur pour trouver l'interrupteur. Une lampe de chevet s'alluma, diffusant une lumière rosée dans la pièce sobrement meublée d'une armoire en chêne sombre et d'un lit haut, étroit, comme on en voyait autrefois à la campagne. L'édredon bien tendu, les oreillers posés symétriquement sur le traversin donnaient l'impression que personne n'avait dormi là depuis longtemps.

Simon tourna la clé de laiton qui fermait l'armoire. Une légère senteur de lys émana du meuble. Les cintres portaient peu de vêtements, une pelisse noire, quelques gilets et des robes, la plupart dans les mêmes nuances de bleu et de violet.

Il fit signe à l'infirmière.

– Vous connaissez bien sa garde-robe ?

Elle inclina la tête.

– Pourriez-vous vérifier s'il manque quelque chose ?

La femme caressa le tissu soyeux d'une jupe, lissa du dos de la main une robe un peu froissée. Les cintres cliquetaient dans le silence.

– Son manteau est là.

– Elle n'en possède pas d'autre ?

– Je ne crois pas… Je lui ai toujours vu celui-là.

La voix de l'infirmière vacilla. Simon réfléchit. Si Élisabeth Messager était sortie sans manteau par ce froid, la situation devenait effectivement inquiétante.

– Laissez-moi un numéro de téléphone et rentrez chez vous, madame Würth, suggéra-t-il. Nous vous donnerons des nouvelles.

– Elle ne serait pas partie sans son manteau, s'obstina l'infirmière en quittant la pièce… Ni sans me prévenir.

Simon s'attarda, cherchant des yeux une photographie, un objet qui révélerait quelque chose d'Élisabeth. Mais la pièce semblait aussi nue qu'une cellule. L'ancienne institutrice était tout entière en elle-même, avec ses secrets et sa vigueur entêtante. Les lieux qu'elle quittait, elle les laissait vides.

Il fit le tour du reste de la maison : les toilettes et la salle de bains dans le couloir ; à l'étage, une chambre mansardée, qui devait être celle de Jean, et un grenier saturé de poussière où s'entassaient des piles de livres, de bandes dessinées, de vieux journaux. Il redescendit au rez-de-chaussée. La porte au fond du couloir était fermée à clé. Simon la déverrouilla. Elle donnait sur une véranda sommaire, aménagée avec des plaques en PVC, qui abritait une table, quatre chaises et un fauteuil en rotin.

Le potager montait en pente douce de l'autre côté d'une courette couverte de gravier. La terre grasse ourlée de gel, les allées surlignées d'un blanc plus soutenu, bordées d'arbustes griffus… Des branches, toutes taillées à la même longueur, s'empilaient en un tas bien propre à côté d'une fosse à fumier. Sur la droite, de petites serres à semis avaient été couvertes de bâches, que retenaient des blocs de calcaire blond, seule tache de couleur dans ce paysage dessiné au fusain. Jean semblait s'occuper du jardin de sa mère avec plus de soin que de sa propre maison.

Dix minutes plus tard, lorsque Simon regagna la cuisine, Jeanne était revenue.

– J'ai pu parler à Charles Caspar, expliqua-t-elle. Il a déposé Élisabeth Messager un peu avant vingt heures. Elle n'a pas évoqué de projet pour la soirée. Quant à la voisine, elle prétend l'avoir aperçue par hasard sortir de la voiture de Caspar. Elle a apporté un peu de soupe. Soi-disant pour la réconforter, mais je pense qu'elle était surtout curieuse de savoir ce qui se passait. Elle n'a pas dû obtenir grand-chose : madame Messager l'a mise dehors à peine son assiette avalée, en affirmant qu'elle avait besoin de dormir… Il devait tout de même être près de vingt et une heures à ce moment-là.

La jeune femme balaya la pièce des yeux avant de s'approcher de la méridienne de velours rouge où le corps d'Élisabeth Messager avait laissé son empreinte. Tout à côté se trouvait un coffre de bois peint. Elle souleva machinalement le couvercle bombé, décoré d'une guirlande de coquelicots. Un simple oreiller. À part ça, il était vide.

– C'est bizarre, murmura-t-elle. Il devrait s'y trouver au moins une couverture si elle passe ses nuits sur le divan.

Simon ne réagit pas. En relevant la tête, Jeanne le vit qui se tenait appuyé contre le vaisselier, près de la porte de la chambre, les paupières mi-closes. Son visage aux ombres profondes semblait inexpressif. Elle eut l'étrange impression de le contempler à travers une eau épaisse et lourde. Puis quelqu'un frappa à la porte d'entrée, et l'atmosphère reprit sa densité normale.

Charles Caspar se tenait sur le seuil, le cou enfoncé dans les épaules, comme s'il craignait de se heurter au plafond bas du couloir. Il n'était pas venu seul. Derrière lui, Jeanne aperçut un petit groupe d'hommes, déterminés.

16 heures

Ils fouillèrent une à une les maisons de la Grand-Rue en commençant par le haut du village. L'opération n'était pas très réglementaire, mais Kowalski avait donné son accord.

En attendant des renforts, les policiers formèrent des groupes de quatre villageois chacun, avec à leur tête Tellier, Simon et Jeanne.

– Nous sommes à bout, avait dit Charles. D'abord les petites. Maintenant la disparition de Mathilde… Laissez-nous vous aider.

Kowalski l'avait regardé droit dans les yeux. D'une façon ou d'une autre, Charles Caspar était mêlé aux meurtres. Cherchait-il à s'absoudre, ou bien à les mettre sur une fausse piste pour éloigner les soupçons ?

– Elle a pu quitter la maison à n'importe quel moment, entre hier soir et ce matin, avait-il répliqué. Elle se trouve sans doute loin maintenant.

– Je vous en prie… Les gens commencent à se regarder de travers, à se soupçonner. On ressort des vieilles histoires. J'ai peur que ça tourne mal.

Finalement, le commissaire l'avait laissé battre le rappel. Sans s'être consultés, les enquêteurs s'étaient mis en posture d'observateurs. Ils en apprendraient sans doute plus en guettant les réactions des uns et des autres qu'en fouinant dans leurs armoires. Les gendarmes, contactés, avaient lancé des équipes avec des chiens alentour. Il n'y avait pas grand-chose d'autre à faire.

La plupart du temps, il n'était même pas nécessaire de frapper aux portes. On les attendait. L'homme ou la femme qui avait ouvert s'effaçait, ils entraient, se répartissaient dans les pièces, commençaient l'inspection. Il fallait parfois rassurer une personne âgée. Quelqu'un s'asseyait avec elle dans la cuisine, tandis que les autres s'affairaient avec toute la discrétion possible.

L'ambiance était irréelle. Des images de rafle, sans violence, sans cri. Kowalski n'était pas sûr que cette inspection systématique soit vraiment utile, mais les villageois ouvraient spontanément leurs maisons, leurs caves et leurs greniers comme s'ils avaient voulu en chasser des ombres dont ils avaient jusque-là ignoré la présence.

Kowalski patrouillait au milieu de la rue. Téléphone à la main, il surveillait les allées et venues. De temps à autre, un policier réapparaissait au seuil d'une maison, le regardait en secouant la tête, puis frappait à la porte suivante.

Une heure passa. Les renforts étaient arrivés, la fouille s'accélérait. Kowalski en profita pour envoyer Tellier au poste de commandement de la gendarmerie.

La nuit tombait. Une femme avait apporté au commissaire une tasse de café brûlant qu'il tenait à deux mains pour tenter de se réchauffer. Si Élisabeth Messager était dehors par un temps pareil, elle ne survivrait pas. Quel détail avaient-ils négligé pour en arriver là ?

De la neige fondue se mit à voleter. Les flocons semblaient aussi fins et transparents qu'une pluie, mais leur chute était plus lente, ne s'accélérant qu'à quelques centimètres du sol où ils se mettaient soudain à tourbillonner. Les équipes approchaient du bas du village, les recherches touchaient à leur fin.

Jeanne le vit la première. Elle n'aperçut d'abord qu'une silhouette. Mais quelque chose dans son attitude, sa démarche saccadée, la frappa. Elle quitta le groupe, aussitôt suivie par Simon.

Joseph Mayer était trempé, son pull en nylon collé à son torse maigre, le pantalon dégoulinant sur les pantoufles. Ses yeux brillaient de fièvre.

Jeanne courut vers lui. Il s'arrêta, plissa les paupières, semblant soudain la reconnaître. Alors, il lui tendit ce qu'il serrait contre lui et, débarrassé de son fardeau, vacilla avant de se laisser glisser sur le macadam.

17 heures 30

Une goutte d'eau glacée roula sur la nuque d'Élisabeth, la ramenant brusquement à la conscience. Tout son corps était engourdi. Elle goûta une fraction de seconde ce soulagement trompeur, mais il fallait qu'elle bouge. Elle remua doucement la main droite, sentant aussitôt une affreuse brûlure irradier son poignet puis tout son bras. Elle persévéra. La main gauche, les épaules, la nuque. Elle bougeait doucement, comme un nageur qui tente de se maintenir dans le courant en dispensant le moins d'efforts possible. Pied droit, pied gauche. Son corps se réchauffait, et avec la chaleur venait la douleur.

Depuis combien de temps était-elle ici ? Il faisait si noir dans ce boyau où on l'avait jetée qu'elle ne distinguait même pas ses mains. Il faisait froid aussi, mais pas autant qu'elle ne l'avait craint. Sous terre, la température était moins basse qu'au dehors.

La vieille femme se redressa légèrement, cherchant une position plus confortable. La couverture dans laquelle elle était enveloppée glissa sur ses épaules. Dessous, elle portait son épaisse robe de chambre, mais ses pieds étaient nus.

Il fallait réfléchir, ne pas paniquer. Elle ferma les yeux, inspirant profondément pour tenter de contrôler sa respiration qui résonnait à ses oreilles, rapide, sifflante. Ne pas finir comme ça. Comme une bête au fond d'un trou. Sans que personne sache ce qu'elle était devenue.

Jean… Que lui raconteraient les policiers ? La dernière fois qu'elle l'avait vu, il était allongé dans un lit d'hôpital, affublé d'une blouse trop grande pour lui. Les bras et les jambes dévêtus, anguleux sur le drap blanc. Un instant, juste avant de le reconnaître, elle n'avait aperçu qu'un homme chétif, déjà vieux.

Le temps avait passé si vite. Tant de mensonges. De silence. Il aurait fallu lui parler de son père. L'emmener sur sa tombe, dans ce cimetière du Pays-Haut où elle l'avait enterré. Là-bas, on pouvait voir le ciel glisser sur l'horizon. Johann devait s'y sentir un peu perdu. Il n'était pas comme elle. Il avait besoin d'un mur où s'appuyer, d'un toit pour s'abriter, de bras dans lesquels se blottir.

Élisabeth sentit les larmes sourdre entre ses paupières serrées. Elle pressa ses mains froides sur son front pour empêcher son esprit de divaguer.

Comment cette folie avait-elle pu couver si près sans qu'elle la devine ? Jamais elle n'aurait dû remettre les pieds au village.

Puis elle entendit un bruit. Le grincement d'une grille, amplifié par le silence, son écho sur les parois de pierre. Un caillou roula. Des pas. Elle écarquilla les yeux dans le noir. Ainsi, tout n'était pas terminé.

18 heures 30

C'était une vieille chaussure en cuir râpé. Montante, les lacets pris dans des crochets de métal, la semelle rigide. Maculée de boue. Elle dégageait l'odeur des vêtements que son père accrochait dans la cave, près de la chaudière, lorsqu'il rentrait de la mine.

Jeanne la tint précautionneusement par l'un des lacets, tandis que Simon portait Joseph dans ses bras. Il l'avait rattrapé juste avant qu'il ne heurte le sol. La maison de Mayer était grande ouverte, toutes les lumières allumées. Simon installa le vieil homme sur le canapé du salon, pendant que Jeanne ouvrait les placards, à la recherche d'une bouteille d'alcool. Elle tentait de glisser quelques gouttes de cognac entre les lèvres crispées du vieil homme quand Kowalski surgit, apportant avec lui l'odeur fade de la neige.

Le commissaire balaya la scène du regard, s'attardant un instant sur la chaussure posée sur la table. Puis il se dirigea vers le poêle de faïence, attrapa deux morceaux de bois dans un coffre et, protégeant sa main avec la manche de son pull, tourna le loquet brûlant qui fermait la porte du foyer pour glisser les bûches sur la braise rougeoyante. Le feu reprit aussitôt avec un ronflement sourd. En entendant le bruit familier, Jeanne tourna la tête. Après le brouhaha des heures précédentes, la scène était si paisible qu'elle eut soudain l'impression de se vider de ses forces.

Sur le canapé, Mayer s'apaisait. Kowalski posa sa main sur le bras de Jeanne.

– Reste près de lui. On va jeter un coup d'œil.

Le rez-de-chaussée semblait désert. Simon passa devant le commissaire. Il avait conservé un souvenir assez précis de l'agencement de la maison. Une porte ouvrait sur la chambre de Joseph, celle d'Alice se trouvait au bout du couloir. Il abaissa la clenche avec un sentiment de malaise. Mais ce n'était qu'une pièce vide. À la lumière du plafonnier, elle avait perdu son charme envoûtant.

Toujours suivi de Kowalski, Simon se dirigea vers les escaliers qui menaient au sous-sol. Il avait l'impression d'agir dans un état second. Arrivés au bas des marches de béton, ils jetèrent un coup d'œil dans la première cave, celle où se trouvait la chaudière, puis dans le cellier. Simon remarqua la trace d'humidité grisâtre, qui rampait sur le mur, et les traits de crayon de Mayer. Ils passèrent ensuite dans la seconde cave.

La plaque de béton qui couvrait la niche du tout-à-l'égout était encore ouverte. Une odeur de terre morte s'en dégageait. Simon enfila ses gants et, sans un mot, s'agenouilla sur le sol.

La première chose qu'il sortit fut une chaussure, semblable à celle que Mayer avait tendue à Jeanne. Puis ses doigts rencontrèrent un tissu râpeux. Il eut un geste de répulsion. Une fraction de seconde, il avait cru toucher un cadavre. Il tira. C'était une grosse veste en toile. Dessous se dissimulait un autre vêtement. Un pantalon, un bleu de travail. Son tissu était taché de la même boue jaune que les chaussures. Simon retira enfin de la cache un sac de cuir usé, une sorte de baluchon serré par une sangle.

– Une musette de mineur, murmura Kowalski.

Les policiers se regardèrent. Puis Simon se leva. Il restait une dernière porte au fond du corridor. Fermée, mais pas verrouillée, comme il l'avait d'abord craint.

– Attendez, vous ne pouvez pas entrer comme ça, l'avertit Kowalski.

Mais Simon avait déjà franchi le seuil.

De grandes baies vitrées laissaient pénétrer la lumière bleutée du soir dans l'appartement de Sarah Mayer. La pièce, peinte en blanc, était meublée avec simplicité, dans un style contemporain. Des fauteuils gris, bas et confortables, une table de verre et d'acier, un grand tapis écru, le coin cuisine séparé par un comptoir de bois blond. Rien ne traînait. Un univers calme et clos.

– Dreemer, nous n'avons pas le droit d'être là, chuchota le commissaire.

Simon traversa le salon sans répondre.

L'autre pièce était une chambre. Le lit, un simple matelas posé sur un sommier, était poussé dans un coin. Un bureau et des étagères surchargées occupaient deux murs.

Dreemer actionna l'interrupteur. La lampe halogène diffusa une lumière douce. Le bureau était ordonné, comme tout dans l'appartement. Un paquet de copies en cours de correction et une trousse s'alignaient à côté d'un ordinateur portable sur le plateau de verre. La bibliothèque était surtout composée de livres d'histoire. Quelques ouvrages de référence, plusieurs volumes anciens sur les mines et la sidérurgie dans la région. Une étagère entière était consacrée au Moyen Âge.

Sarah semblait particulièrement s'intéresser à la religion médiévale. Simon remarqua plusieurs monographies sur l'imagerie des cathédrales, et un bestiaire du Christ, illustré d'un oiseau fantastique, ailes déployées, dévorant un serpent. Un gros volume relié de toile grise était disposé devant les autres, de façon à mettre en valeur sa couverture. Une sirène au buste dénudé, sculptée dans le bois sombre d'un siège d'église, mamelons pointés, cheveux dénoués, s'y contemplait dans un miroir. Juste à côté se trouvait un épais dossier noir. Simon l'effleura, puis l'ouvrit.

Kowalski le regardait faire, sans plus rien dire.

C'était une sorte d'inventaire. Une quarantaine de villages lorrains, classés par ordre alphabétique, chacun associé à un petit texte descriptif et plusieurs photographies. Les images, imprimées en noir et blanc sur un papier ordinaire, n'en paraissaient pas moins saisissantes.

Une collection de Dieux de Pitié. Toute une série de silhouettes nues, assises, les mains croisées sur les genoux, entravées de liens. Parfois recroquevillées sur un banc dans de petites niches ou des chapelles, parfois vues en contre-plongée au sommet d'un pilier ou d'un calvaire. Le visage anguleux, façonné avec rudesse. Un christ portait encore des épines de bois piquées dans la lourde couronne de pierre qui enserrait son front. Deux crânes se dissimulaient à demi dans le manteau noué autour des hanches d'un autre supplicié.

Sarah avait aussi photographié une sorte de pilier. Haut de plusieurs mètres, il était entaillé de bas-reliefs noircis de scories. Simon alluma la lampe de bureau pour en scruter les détails.

Des verges, des fouets. Une roue à douze rayons. Une corde.

Tous les instruments du sacrifice.

Dimanche 19 décembre

8 heures

Depuis des heures, il n'y avait de lumière que celle de la lampe tempête. Sur le sol et les parois de roche, les ombres oscillaient à peine. Elles semblaient figées, et avec elles, le temps.

Assise en tailleur, les mains abandonnées sur ses genoux, Sarah fixait le vide. La flamme jaunâtre creusait les traits de son visage, sans en altérer la pureté. L'ovale du menton, les pommettes longues, les paupières étirées sous des sourcils implantés haut, le front large, légèrement bombé.

Enfant, Sarah nouait parfois ses cheveux en un chignon de danseuse. Avec sa peau mate, sans transparence, elle ressemblait à une infante espagnole. Elle frappait doucement à la porte, trois petits coups, se glissait dans la pièce avec un sourire silencieux et s'installait sur le fauteuil, près de la méridienne. Dans la chaleur de la grande cuisine, elle parlait. Racontait les livres qu'elle avait lus. Les idées nouvelles qu'elle découvrait. Sa fascination pour l'histoire. Le Moyen Âge. Celui des chimères et des monstres. Lorsque le monde entier n'était qu'un symbole. Une apparence.

Élisabeth frissonna, remonta la couverture sur ses épaules. Ses pensées se brouillaient.

Sarah grimpait parfois l'échelle de meunier pour se glisser dans le grenier. Elle pouvait passer des heures à fouiner parmi les vieux journaux et les magazines.

Là-haut se trouvaient aussi d'anciens livres. Des albums qu'Élisabeth conservait de l'époque de son mariage. Elle portait un nouveau nom alors. Son nom d'épouse. Elle en était fière et l'avait inscrit sur les pages de garde.

Mathilde Bot.

La vieille femme ferma les yeux. Sa bouche était pâteuse, ses lèvres gonflées.

Le souvenir s'était imposé durant sa conversation avec Kowalski. Que s'était-il passé après ? Elle avait téléphoné à Sarah. Que lui avait-elle dit ? Elle avait sûrement évoqué les livres dans le grenier. Johann ? La voisine était venue, puis repartie, quelqu'un avait frappé trois petits coups à la porte. Ensuite… elle s'était réveillée sur le sol froid de la galerie.

Un froissement. À quelques pas d'elle, Sarah avait bougé. Les coudes sur les genoux, le menton appuyé dans les paumes de ses mains.

– Avez-vous de l'affection pour moi, madame Messager ?

La voix de la jeune femme s'était coulée dans le silence, étrangement détimbrée. Élisabeth s'efforça de fixer ses pensées. L'obscurité, la résonance des mots dans l'espace confiné de la galerie. Ses perceptions lui semblaient décalées, comme dans un rêve.

– Bien sûr, murmura-t-elle. Tu étais comme quelqu'un de ma famille.

Sarah fixait toujours le vide devant elle.

– Mon père disait d'Alice qu'elle était un soleil. Une flamme. Brillante et légère. Il aime le soleil, la légèreté. Moi je me sens si lourde… dense.

Les médicaments faisaient peu à peu leur effet. La douleur s'était atténuée, toujours présente, mais assourdie. Élisabeth bougea les jambes pour s'avancer vers le halo de lumière où se tenait Sarah. Ces traits intenses soulignés par la lueur de la flamme… Que lui évoquaient-ils ? Puis elle se souvint.

Une nuit de la Saint-Jean, bien des années auparavant. Les hommes avaient mis le feu au bûcher, les flammes enflaient en crépitant, jaillissaient jusqu'aux pieds de la sorcière de chiffon pendue à une corde, tout en haut du monticule de branches. Alice s'était élancée dans une ronde virevoltante. Les bras loin du corps, comme les ailes d'un oiseau, elle tournait de plus en plus vite. Cette nuit-là, Élisabeth avait remarqué Sarah, assise sur un banc, le visage tendu vers les flammes. Elle ne regardait pas Alice, mais Joseph, son père.

– Lourde et dense, répétait Sarah. Comme la terre d'ici… La terre ne ment pas. C'est ce que dit Tonio. Il faut l'écouter. Elle prévient toujours. Voilà des années qu'on ne l'écoute pas. Alors elle se rebelle. Elle noie les caves, fait tomber les maisons…

La jeune femme sourit.

– J'aurais tellement aimé que mon père m'emmène avec lui lorsque j'étais enfant. Descendre dans la mine. Je me disais… J'imaginais que je pourrais l'apprivoiser pour éviter qu'elle ne lui fasse du mal. Comme un animal… Un dragon. Savez-vous ce que symbolise le grand serpent, madame Messager ? Ni le mal ni le péché. Ce sont des histoires qu'ont inventées les curés. Il incarne les forces naturelles qu'il faut dompter. L'eau, le feu. La terre.

Élisabeth frissonna.

– Que s'est-il passé, Sarah ? Pourquoi sommes-nous là ?

La jeune femme se tourna vers elle, le visage fermé.

– Elle est venue à la maison, il y a quelques mois, m'emprunter des livres pour un devoir qu'elle peinait à terminer. Elle ne ressemblait pas vraiment à Alice. Mais il avait tellement besoin d'y croire. Il a suffi qu'elle lui dispense quelques sourires…

– Tu veux parler de Nathalie ?

– Et puis un jour, j'ai senti son parfum sur elle. Le parfum de ma sœur. Mon père le conservait si précieusement. Je lui ai demandé s'il l'avait donné à Nathalie, il a bafouillé… c'était pitoyable.

Sarah grimaça.

– Il a prétendu qu'elle n'était passée qu'une fois ou deux en mon absence. Ils avaient parlé d'Alice, elle insistait pour voir sa chambre, elle en avait sans doute profité pour voler le parfum. Comment pouvais-je le croire ? Il m'avait menti, tout ce temps. Pendant des années, je me suis occupée de lui… Et puis cette gamine passe, elle lui sourit et tout recommence.

– Tout quoi ?

Mais Sarah poursuivait son monologue.

– Peut-être aurait-il mieux valu que je sois vraiment de votre famille, madame Messager… Si vous aviez pu voir comment était la mienne ! Ma mère, je ne me souviens pas qu'elle m'ait un jour prise dans ses bras. Je ne me souviens de rien en fait. Si, une chose… Un jour je me suis retrouvée devant une tombe ouverte, on y a descendu un cercueil, des gens ont posé la main sur mon épaule, m'ont embrassée. Mais je crois que je n'éprouvais rien de particulier... Vous étiez là, vous aussi ?

– J'étais là.

– Est-ce que j'avais l'air triste ?

– Je ne sais plus, avoua Élisabeth.

Elle revoyait seulement un petit groupe sombre, face au défilé des villageois, les deux fillettes collées contre Joseph, et cette mèche de cheveux blonds incongrue qui s'échappait du capuchon d'Alice, voletant dans l'air comme un ruban un jour de fête.

– Mon père prenait soin de moi. De nous... Mais il était... enchanté. Littéralement. Prisonnier d'un enchantement. Alice... Alice au pays des merveilles. Il aurait tout donné pour elle. Vous n'imaginez pas de quoi elle était capable.

– Elle n'était qu'une enfant, protesta Élisabeth.

– Vous ne comprenez pas grand-chose, madame Messager. Non, vraiment... Êtes-vous jamais entrée dans la chambre de ma sœur ? Des miroirs sur tous les murs. Elle ne voyait qu'elle-même. Mon père risquait sa vie au fond de la mine. Et lorsqu'il remontait au jour, Alice le dévorait, elle le consumait. Je ne pouvais pas laisser Nathalie recommencer. Il était si fatigué, si déprimé à cause de ces histoires d'ennoyage. Il ne dormait pas, il avait maigri... J'avais tellement peur pour lui.

La voix de Sarah s'éteignit. Élisabeth ne percevait plus que le ronflement de la flamme dans le verre de la lampe. Elle secoua la tête, atterrée.

– Je ne peux pas croire que tu aies fait du mal à ces gamines...

– Quand mon père a eu son accident, Alice l'a abandonné. Elle a commencé à sortir. À traîner. À répandre sa séduction. Puis elle est morte dans cette crevasse. Nathalie ne valait pas mieux. La terre ne ment pas.

Sarah se pencha brusquement vers Élisabeth, lui parlant tout près du visage.

– Ne prenez pas cet air, madame Messager. Je lui ai donné sa chance. J'ai voulu lui parler, elle n'a fait que rire. Elle était comme Alice. Égoïste. Pernicieuse.

Elle s'avança encore. À présent, Élisabeth pouvait sentir son souffle sur sa joue.

– Les Caspar… Cette famille ne vaut rien. Qui peut le savoir mieux que vous ? Finalement, vous devriez me dire merci. Vous n'êtes pas revenue en vain. Je vous ai vengée.

La jeune femme se redressa, abandonnant le halo de lumière pour s'appuyer contre la paroi.

– Comment pouvez-vous prétendre que vous aviez de l'affection pour moi ? Vous me connaissez si mal.

Puis elle se leva, attrapa par une lanière son sac à dos. La vieille institutrice crut qu'elle allait partir, l'abandonner là. Elle faillit supplier. Mais Sarah sortit du sac une bouteille d'eau et une petite boîte de médicaments.

– Je regrette. Je ne voulais pas vous faire de mal, mais je ne peux pas vous laisser partir. Tout raconter. Nous allons expier nos mensonges ensemble, madame Messager. Dans le ventre du dragon.

Un sourire effleura ses lèvres. Elle tendit la boîte et la bouteille.

– Vous devriez prendre ces cachets, ce sera moins pénible. Vous n'aurez plus mal, vous vous endormirez tranquillement.

Elle attrapa une barre de métal posée contre la paroi, et se mit à frapper violemment les étais qui soutenaient l'entrée de la galerie. Élisabeth poussa un cri, tendit les bras devant elle.

Le plafond s'écroula d'un seul coup, les emmurant dans un caveau étouffant de poussière.

8 heures

Simon avait fermé les yeux. Basculé en arrière dans le fauteuil de sa chambre d'hôtel, les pieds posés sur le rebord de la fenêtre, les mains croisées sur les cuisses, il ne dormait pas. Il écoutait.

C'était une des rares choses que lui avait apprises Lucie avant de le quitter. Cette écoute patiente, quasi hypnotique. Elle n'avait pas partagé grand-chose de son monde avec lui. Mais peut-être avait-elle essayé. Elle était hésitante, liquide. S'approchait en sinuant. À lui, il fallait des mots précis, des formules mates, des histoires fortes. Il lançait deux phrases ironiques et passait à un autre sujet.

Il s'était souvent moqué de son goût pour les symphonies classiques: «Ces vieilles choses que tu écoutes!» Lorsque Lucie était partie, elle lui avait offert un baladeur. Elle y avait enregistré deux heures de musique. Une suite de plages sans références. Sans noms de compositeurs. Des sons hors du temps, qui s'enchaînaient comme les vagues roulent sur la mer.

Simon avait pris l'habitude d'emporter le baladeur partout. Il s'était acheté un bon casque, qui restituait la tessiture des voix. Il avait aussi enregistré de nouveaux albums, ses rythmes à lui. Mais lorsque le désordre s'installait, il fermait les yeux et il écoutait la musique de Lucie.

Un silence. Puis le chant des cordes se glissa dans les écouteurs. Sourd, à peine audible. Une plainte grave et lente.

Il avait du temps devant lui. Seulement sa valise à préparer, et elle était légère. Il avait prévu de prendre le train de Paris dans l'après-midi. Bordes, son patron, insistait pour qu'il rentre. Kowalski comptait maintenant sur la gendarmerie pour continuer les recherches.

Avant de partir, Simon passerait saluer Jeanne et Tellier au commissariat. Ils s'étaient donné rendez-vous vers dix heures. Les deux policiers devaient ensuite retourner à Varange interroger Mayer. Mayer qui n'avait rien su expliquer la veille. Ou si peu. Il avait raconté avoir découvert ses anciennes chaussures de mine et ses vêtements au fond du tout-à-l'égout de la cave dans la soirée du vendredi. Les chaussures étaient propres, comme si on les avait lavées. Il avait tout laissé en place. Mal dormi. Le lendemain, il avait de nouveau entendu le grincement de la plaque de métal sur le sol de béton. Dans le trou, les chaussures étaient couvertes de boue. Il avait voulu parler à Sarah. Mais elle était partie. Sans un mot.

Malgré des indices accablants, Jeanne peinait toujours à imaginer la jeune femme en meurtrière.

Et lui ?

Au creux de ses oreilles, la plainte des cordes enflait, s'amplifiant en un balancement inexorable. Le mouvement de l'océan. Simon se laissa peu à peu glisser dans ce rythme puissant qui emportait ses idées éparses.

Sarah. Sa voix, grave, calme. Le mouvement léger de ses longs doigts. Cette façon si juste qu'elle avait de se poser dans l'espace.

Sarah, la main sur l'épaule de son père, les traits tendus. Les plis amers au coin de sa bouche.

Flux et reflux. Nappes des violoncelles et des altos, contrebasses en abîme, progressant ensemble, gonflant puis s'apaisant, masse liquide, mouvante, sans cesse affinée, émergeant de la pesanteur.

Dans le couloir, une porte claqua. Mais les pensées de Simon s'enchaînaient, comme le flot des cordes.

Sarah, dans la rue, avec Tonio. Il y avait quelque chose, là. Un point d'accroche. Comme un rocher auquel on s'agrippe en plongée lorsque la tempête vient brasser l'eau dans les profondeurs. Il reprit son souffle, inconsciemment, et saisit la prise.

Tonio racontant le cri de Sarah le jour où il était venu lui apprendre l'accident de son père.

Tonio, le mineur.

Qu'avait-il dit?

Tout autour du village se trouvaient d'anciennes galeries.

Où cela menait-il?

La bibliothèque de Sarah. Ses vieux livres sur la région…

Soudain, s'élevant au-dessus de la mélodie obstinée des cordes, une voix. Un chant frêle et limpide, une lamentation recueillie.

Suivre cette voix, tendue au-dessus de l'abîme. Simon soupira, attrapa le baladeur et l'éteignit.

Il fallait qu'il appelle Kowalski.

17 heures

En début d'après-midi, on avait retrouvé la voiture de Sarah Mayer derrière un talus, à quelques kilomètres à peine de Varange. Le véhicule était dissimulé dans une courbe, le long de la rivière. Les roues avant touchaient l'eau. Les chiens avaient suivi la piste un moment, puis l'avaient perdue à la lisière de la forêt.

Dans le village, les portes s'étaient refermées. Les gendarmes avaient organisé une battue, tôt le matin, mais ceux qui les accompagnaient avaient le sentiment de poursuivre des fantômes. Les disparues n'avaient aucun rapport avec les femmes qu'ils avaient côtoyées toutes ces années, croisées le matin devant la camionnette qui livrait le pain, à qui ils avaient souri, parlé, fait un signe de la main en passant, qu'ils avaient serrées dans leurs bras devant une nouvelle tombe ouverte dans le cimetière, parce qu'ils étaient tristes ce jour-là, qu'un ami était mort et qu'elles faisaient partie de la communauté. L'une et l'autre avaient menti sur leur vie. Certains les pensaient encore complices.

Dans l'église, Louis se tenait assis devant le chœur. La tête baissée, les yeux clos, il priait. Pour Nathalie et Odile, les agneaux sacrifiés, et pour Sarah qui avait souffert si près d'eux, sans que sa douleur effleure leur âme. Il priait aussi pour lui-même: le découragement rôdait, il le connaissait bien et savait quel flot puissant c'était.

Au même moment, Simon claquait la porte de sa voiture, empoignait son sac à dos et entamait sa troisième reconnaissance de la journée.

Lorsqu'il avait fait part de son idée à Kowalski, celui-ci avait d'abord paru sceptique.

– Depuis hier les gendarmes quadrillent les environs. Je ne vois pas ce que vous espérez trouver de plus.

– La température est tombée à moins quinze la nuit dernière. Si Élisabeth Messager est encore vivante, elle ne tiendra pas longtemps.

Le commissaire avait marqué un silence.

– Après tout… Mais je vous donne vingt-quatre heures, pas plus, et vous n'emmenez personne de l'équipe. Votre patron s'impatiente, je ne voudrais pas qu'il ait l'impression que je vous retiens.

Simon avait d'abord rendu visite à Armand. Comme il s'en doutait, dans son effroyable fatras, Keller avait conservé de vieilles cartes de la région.

Il était aussi allé voir Tonio.

Il avait trouvé le vieux mineur cloîtré au fond de son atelier, le visage caché derrière un masque, soudant des pièces de tôle dans une atmosphère saturée de grésillements et d'une fumée âcre qui prenait à la gorge. Mais Tonio avait accepté de s'interrompre, de se pencher avec lui sur les cartes aux pliures cassantes, de l'aider à localiser les anciennes entrées de mine.

Lui aussi s'était souvenu des livres de Sarah.

– Elle s'est toujours intéressée au sujet, avait-il convenu. Petite déjà.

Sur le papier jauni, ils avaient longuement scruté les inscriptions en italique, éliminant les sites les plus évidents, et ceux dont Tonio savait qu'ils étaient condamnés. Il en demeurait trois qui n'étaient pas trop éloignés du village, et accessibles en voiture. Élisabeth Messager était lourde. Il fallait que Sarah ait pu s'approcher pour la transporter ensuite dans son fauteuil roulant.

Simon traversa le parking. Jusque-là, ses recherches s'étaient révélées infructueuses. Il avait découvert deux entrées, fermées par des grilles, mais, derrière, les galeries étaient totalement éboulées. Impossible d'y entrer, de s'y cacher. Restait la dernière, qui se trouvait dans la ville voisine de Varange, à proximité de la voie ferrée.

D'après les panneaux d'affichage, des trains s'arrêtaient toujours dans la gare, elle semblait pourtant désaffectée. Plusieurs fenêtres montraient des vitres brisées, le crépi jaune qui enduisait les murs était écaillé, couvert de graffitis.

L'ancien chemin des mineurs se trouvait de l'autre côté des rails. Simon traversa une passerelle, d'où l'on surplombait trois énormes silos de métal. Une vieille locomotive et deux wagons rouillaient sur un carré d'herbe. Abandonnés, comme tout le reste.

En pénétrant dans le sous-bois, il se dit qu'il avait été optimiste. Le lieu était trop proche de la ville, Sarah n'aurait jamais pris le risque de s'y cacher. Mais après avoir marché un quart d'heure, il comprit que l'itinéraire était plus compliqué que prévu. Le chemin se rétrécissait jusqu'à disparaître dans un enchevêtrement de buissons couverts de givre. Il fit demi-tour.

Il devait se presser. La lumière n'allait pas tarder à décliner. Selon la carte, la mine se trouvait à cinq cents mètres environ. Parti trop au sud, il avait dû manquer l'entrée. Il explora les environs durant plus d'une heure, piétinant le sol croûteux, feuilles et neige agglomérées, tentant de quadriller la zone de façon efficace. Le terrain, en bordure d'une combe, était accidenté, pentu. Un moment, il entendit un froissement. Une ombre. Il s'assit à même la neige. Un chevreuil.

Une patte levée, ses longues oreilles largement écartées, l'animal se tenait tout à fait immobile. Simon respirait à peine, pour ne pas l'effrayer, attentif au tressaillement de ses flancs musclés dont la robe rase avait pris sa couleur grise hivernale. Soudain, la bête dressa la tête, en alerte. Un bond, elle avait disparu dans le sous-bois. Simon grimaça, déçu. Il était pourtant sûr de n'avoir fait aucun bruit.

C'est en se redressant qu'il aperçut l'entrée, à quelques mètres en contrebas. Sans le chevreuil, il l'aurait ratée. Il descendit la pente en s'accrochant aux branches et aux racines. La couche de neige était plus légère dans ce creux. Les tronçons d'anciens rails la barraient de traits parallèles, se poursuivant sur quelques mètres en direction d'une trouée dans la forêt. L'accès principal.

Il était partiellement muré. Mais on avait aménagé un passage, défendu par une grille. Simon s'approcha, rempli d'espoir. Derrière les barreaux rouillés, des blocs de pierre amoncelés bouchaient l'accès. Personne n'avait dû mettre les pieds ici depuis des années.

Il s'assit sur ses talons, envahi d'un sentiment de découragement si intense que ses genoux tremblaient. Le froid se faisait de plus en plus mordant. Élisabeth ne survivrait pas à une nuit de plus.

C'est alors qu'il l'entendit. Un son faible, mais précis. Trois coups brefs. Venus de dessous la terre.

Mardi 21 décembre

10 heures 30

Élisabeth reposait sur son lit d'hôpital. Son visage était pâle, mais son regard avait retrouvé son intensité. Les médecins étaient stupéfaits de la rapidité avec laquelle elle reprenait des forces.

Les pompiers avaient mis quatre heures à la délivrer de la mine. Il avait d'abord fallu dégager la galerie. Les hommes s'étaient passé les blocs de pierre, étayant au fur et à mesure le plafond de crainte qu'il ne s'écroule. Un moment, le capitaine s'était tourné vers Simon, le visage grave. Mais la main qui pendait de la civière n'était pas celle d'une femme âgée. Elle portait au majeur un anneau d'argent, incrusté d'une pierre d'un blanc opalin.

Élisabeth se trouvait deux mètres plus loin, tenant serré dans ses mains la barre de métal avec laquelle elle avait martelé son signal de détresse. Couverte de boue, les cheveux défaits, le front blessé de profondes entailles.

– Vivante ! avait crié un homme du fond de la galerie.

Ce matin, des cernes bistre marquaient son visage, mais ses traits s'étaient détendus sous l'effet des calmants.

Kowalski était assis près du lit, une main posée à plat sur le drap blanc. Jeanne et Simon se tenaient à côté de lui. Le chef de service leur avait donné l'autorisation d'interroger l'ancienne institutrice.

– Prenez votre temps, l'avait rassurée le commissaire. Commencez par le début, par vendredi soir.

D'une voix sourde, elle avait raconté.

Sarah enfant venant lui rendre visite. Les livres dans le grenier.

L'étrange conversation à la lueur de la lampe tempête.

Comment leur faire comprendre…

La mine et le dragon. Le feu de la Saint-Jean, la danse d'Alice autour des flammes. Et Sarah, dans l'ombre, dévisageant son père.

Depuis le couloir, de l'autre côté de la porte capitonnée, parvenaient les cliquetis de métal des chariots que poussaient les infirmières et les voix des femmes de service s'interpellant d'une pièce à l'autre. Simon se pencha doucement vers le lit où reposait Élisabeth. Tout à côté de lui, il percevait la chaleur de Jeanne, son parfum de forêt, ténu mais présent malgré les puissants relents de désinfectant. Elle semblait totalement figée, à l'écoute. Que pensait-elle de cet amour démesuré qu'avait nourri Sarah pour son père ? De sa peur de le perdre ?

– Quel intérêt avait Nathalie de séduire Mayer ? demandait Kowalski. Un vieux type malade.

– Ce n'était pas de la séduction… Elle avait besoin qu'on lui accorde de l'attention. Joseph a su l'écouter. Et puis Nathalie était une adolescente. La mort d'Alice, cette chambre où l'on conservait son souvenir. Il y avait de quoi la captiver.

– Sarah vous a-t-elle raconté comment elle s'y est prise pour l'attirer dans la forêt ?

– Elle a simplement attisé sa curiosité en disant qu'elle voulait lui parler. La petite a dû se sentir flattée. Elle ne s'est pas méfiée. Et quand Sarah lui a proposé de se réchauffer en buvant une gorgée d'alcool à sa flasque, elle n'a pas osé refuser. Elle ne voulait pas paraître gamine.

« Tellement prévisible », avait dit Sarah.

Lorsque le plafond de la galerie s'était écroulé, la jeune femme avait tenté de s'abriter. Sa réaction n'avait pas été suffisamment rapide. Un bloc détaché du plafond s'était abattu sur ses jambes. Élisabeth avait rampé jusqu'à elle, mais n'avait rien pu faire. Seulement prendre sa tête sur ses genoux, et l'écouter.

Sarah avait tenu longtemps. Le sang ne circulait plus dans ses membres inférieurs, pourtant elle ne souffrait pas. Elle avait parlé presque tout le temps. Élisabeth lui humectait les lèvres avec un mouchoir. À un moment, la lampe tempête s'était éteinte. Puis la voix de Sarah…

– Et Odile Monchau ? Pourquoi s'en est-elle prise à elle ? insistait Kowalski.

– Joseph l'inquiétait. Elle craignait qu'il ne finisse par parler de ses rencontres avec Nathalie à la police. Sarah était prête à tout pour le protéger. Elle a voulu faire… diversion. Éloigner l'enquête de leur famille.

– Il s'agissait donc bien d'une mise en scène, murmura Simon. Elle a repéré une petite qui ressemblait à Nathalie. Puis elle a reproduit consciencieusement le mode opératoire de son premier meurtre. C'est pour cela que Schwartz a noté moins de signes de violence. Sarah Mayer a tué avec application, sans colère. Et pour nous tromper un peu plus, elle s'est servie du jeu du pendu.

Il fronça les sourcils.

– Pourtant… je n'arrive toujours pas à m'expliquer la scénographie de ces meurtres, toutes ces complications. Les nœuds copiés sur ceux du Dieu Piteux.

– Le Dieu Piteux…

Élisabeth laissa retomber sa nuque sur l'oreiller.

– Je n'aurais jamais dû emmener les enfants voir cette statue comme je le faisais. Tous ces discours sur la Lorraine souffrante. Le sacrifice…

La vieille femme tourna son visage vers la petite fenêtre qui éclairait la chambre. Dehors, le ciel était blanc, sans nuances ni éclat, comme filtré par un verre dépoli.

Elle ne savait pas si elle devait poursuivre. Pourtant. Il y avait eu tant de mensonges déjà. Toutes ces années où elle avait décidé, seule, pour les autres. Ce qu'il fallait dire et ne pas dire. Elle sentait sous sa joue le contact du drap, raide, mais propre et frais. Elle résista à la tentation de fermer les yeux et de s'arrêter là.

– Il faut que vous sachiez quelque chose. À propos d'Alice… Lorsqu'elle est morte, Sarah était avec elle.

Les trois policiers la regardèrent, figés.

– Sarah l'a tuée, c'est ça? demanda Kowalski.

Élisabeth acquiesça, avec une extrême lassitude.

– Elles se sont disputées. Sarah reprochait à sa sœur de délaisser leur père. Sa sœur s'est moquée d'elle. Sarah l'a giflée, l'autre s'est défendue. Elle est tombée… C'était un accident.

Le silence retomba. Jeanne s'agitait sur sa chaise. Il fallait qu'elle quitte cette chambre à l'atmosphère irrespirable, qu'elle marche.

– Sarah avait à peine quinze ans, reprit Élisabeth. Elle a dû porter ce poids sans jamais pouvoir en parler à personne. Alors elle a continué à faire ce qu'elle a fait toute sa vie. Organiser, ranger, mettre de l'intelligence, de la volonté là-dedans. Quand son père lui a paru menacé, elle a choisi de punir Nathalie comme avait été punie Alice. Même péché, même châtiment. La terre ne ment pas... La corde, c'était une sorte de rituel. Une façon de donner du sens à son acte.

– Quelle folie... murmura Jeanne.

– De la folie? Je n'y crois pas, grogna Kowalski.

Il se leva, secoua les épaules, encombré de sa carrure dans la pièce exiguë.

– Non, je n'y crois pas, répéta-t-il. Pour moi, Sarah Mayer savait précisément ce qu'elle faisait. Et tous ces préparatifs n'avaient qu'un but: nous berner. Nous mettre sur une fausse piste.

Immobile, tendu, Simon ne disait rien. Il laissait les pensées se dérouler dans son esprit, attentif au déplacement des perspectives, comme un homme qui regarde un paysage se transformer depuis la fenêtre d'un train.

Kowalski avait raison: Sarah avait utilisé pour son dessein chaque élément du décor dans lequel elle évoluait, se servant du terrain en bon soldat. Elle avait fait des uns et des autres des figurants, les victimes de la mine et ceux de la guerre. Voilà d'où venait le sentiment de malaise qu'il éprouvait depuis son arrivée en Lorraine. Cette impression d'avoir perdu ses repères.

Sur cette ligne de force venait pourtant s'inscrire un autre motif. Les paroles de la jeune femme. Celles qu'avait rapportées Élisabeth. La terre qu'il faut écouter. Le dragon qu'on doit apaiser. Avait-elle choisi Odile seulement pour son prénom? Ou à cause de son père qui incarnait l'ennoyage, l'injustice faite à Joseph, aux hommes de son pays ?

Simon passa la main sur sa nuque, pour soulager la tension de ses muscles. Kowalski voulait une coupable, une vraie, pas un fantôme aux actes ambigus. Trois enfants étaient morts. Mais lui se souvenait de Sarah parlant des camions venus évacuer les villages menacés d'effondrement, des portes et des fenêtres murées, des vieux qui pleuraient. Sarah et la souffrance de son père, la peur de son père quand il disait de la mine : « Elle m'a tout pris. »

Tant de choses avaient fini par se mêler dans son esprit. La douleur et la fascination pour la douleur. La peine qu'on lui avait faite et celle qu'elle infligeait. Le mal sourdant de la terre, qu'elle voulait anéantir. Et le mal sourdant en elle qui la consumait. Dans le jeu de faux-semblants qu'elle avait orchestré, il eut l'intuition qu'elle avait joué un rôle dont elle ne maîtrisait pas tous les ressorts.

16 heures

Simon partit le jour même. Lorsqu'il serra la main de Kowalski, il remarqua pour la première fois combien les yeux du commissaire étaient bleus. Il se dit qu'il aurait aimé plonger un jour à ses côtés, dans l'épaisseur de l'eau, là où il n'existe plus pour communiquer ni sons, ni toucher, seulement l'intensité du regard.

Jeanne l'accompagna à l'hôtel, puis à la gare. Ils échangèrent peu de mots. Il aurait fallu plus de temps. Simon savait la jeune femme profondément ébranlée. Elle avait voulu fuir les territoires de son enfance, on l'avait contrainte à revenir sur ses pas, et elle avait mesuré l'insuffisance de ses souvenirs. « C'est moi qui aurais dû retrouver Élisabeth, lui avait-elle confié la veille. Kowalski pensait que ma connaissance du village serait un atout. Mais je n'ai rien vu, rien compris. »

À l'heure de monter dans le wagon, Simon eut un moment d'hésitation. Il se retourna et la serra un bref instant contre lui.

Le train se mit en branle. Sur le quai, Jeanne leva la main. Simon lui répondit d'un sourire, puis il s'éloigna de la vitre, attrapa son baladeur et le plaqua sur ses oreilles, happé par un vertigineux sentiment de solitude.

Épilogue
Vendredi 24 décembre

À vingt-trois heures trente, Élisabeth entendit frapper à sa fenêtre. Elle était prête. Charles entra. Dans la douce lumière de la lampe qu'elle avait allumée au chevet de sa méridienne, il paraissait grand et solide, comme autrefois.

Il l'aida à enfiler son manteau et à s'asseoir sur le fauteuil roulant, manœuvra doucement pour passer l'étroite porte d'entrée. Dans la Grand-Rue, des bruits de fête se glissaient à travers les volets fermés, des murmures et des petits rires au milieu de la nuit. Arrivé en bas de l'escalier qui grimpait à l'église, Charles prit Élisabeth dans ses bras. Elle était lourde, mais il la porta. Marche après marche, jusqu'au bas du cimetière. Puis tout au long de l'allée, dont le gravier crissait sous les semelles de ses chaussures.

Sous l'éclat livide de la lune, le Dieu Piteux exhibait le corps d'un écorché. Charles déposa Élisabeth au pied du gros chêne. Une à une, de ses doigts engourdis, elle arrangea près du tronc à l'écorce ravinée les ellébores que Jean avait cueillies pour elle. Dans la clarté nocturne, les délicates corolles brillaient comme des flocons de neige.

Elle ferma les yeux, évoqua Johann mort depuis si longtemps et sut qu'elle avait conservé le souvenir de son odeur, aussi douce que celle d'un enfant. Puis elle se remémora l'histoire que lui racontait sa mère autrefois: toutes les nuits de Noël, des fleurs éclosent sur les arbres, le temps d'une heure.

Roman et réalité

Les personnages et la trame de ce roman sont issus de mon imagination (notamment ce qui touche aux procédures et au contexte policier). Mais la réalité les a inspirés.

Même si j'ai pris quelques libertés avec la géographie, les paysages que découvre Simon Dreemer sont typiques de la Lorraine sidérurgique et minière, et particulièrement des vallées de l'Orne et la Fensch. Le village de Varange ressemble à celui de mon enfance, et certains verront des clins d'œil dans les toponymes évoqués au cours de l'enquête.

Les drames ici racontés sont purement fictifs, mais pas la toile de fond sur laquelle ils s'inscrivent. Sans prétendre à la rigueur de l'historien, j'ai voulu évoquer le destin si particulier qu'a connu la Moselle durant la Seconde Guerre mondiale. Certains, qui ont vécu l'occupation allemande, les déportations, les drames de l'exil et ceux de la Libération, ont accepté de me confier leurs souvenirs. Qu'ils en soient remerciés. Particulièrement madame Yvette Reitz, monsieur Henri Ninfei et monsieur Gilbert Kauffmann, ancien résistant et historien local qui m'a donné accès à ses documents.

Les effondrements miniers et les dégâts provoqués par l'ennoyage, si peu relayés par la presse nationale, ont bouleversé la vie de nombreuses familles. Et la bouleversent encore. Après Auboué où, en 1996, soixante-dix maisons se sont brutalement écroulées dans l'ancienne cité minière de la colline de Coinville, les communes de Montois-la-Montagne, Moutiers, Roncourt et Moyeuvre-Grande ont été sinistrées. De nombreuses zones à risque sont aujourd'hui sous surveillance constante, et des maisons continuent à se fissurer.

Pour ce qui est de la figure du Dieu Piteux, je l'ai découverte dans le livre d'un folkloriste bien connu des Lorrains : Jean Morette. Ces statues, dont beaucoup sont très abîmées – quand elles n'ont pas disparu –, restent peu étudiées. Mais j'ai eu la surprise, après avoir commencé la rédaction de ce roman, de découvrir qu'elles avaient été recensées dans un ouvrage rédigé par André et Jean-Pierre Lepape, *Le Bon-Dieu-de-Pitié en Lorraine*, paru en 1970 aux éditions… Modover !

Au catalogue,
dans la collection « Policiers »

Christine Adamo, *Noir austral*
Christine Adamo, *Requiem pour un poisson*
Robert Daley, *Le Parfum du danger* (et piccolo n° 47)
Philippe Delepierre, *Sous les pavés l'orage*
Gérard Delteil, *Gombo*
Rod Duncan, *Couleur interdite*
Mignon G. Eberhart, *L'Éléphant de jade* (et piccolo n° 48)
Mignon G. Eberhart, *Qui va à la chasse*
Émile Gaboriau, *Monsieur Lecoq* (et piccolo n° 18)
Émile Gaboriau, *L'Affaire Lerouge* (et piccolo n° 8)
Émile Gaboriau, *Le Petit Vieux des Batignolles* (et piccolo n° 33)
Michel Grimaud, *Un cave dans le charbon* (et piccolo n° 39)
Sèrgios Gàkas, *La Piste de Salonique*
Carolyn G. Hart, *Meurtre en librairie* (et piccolo n° 25)
Carolyn G. Hart, *La Libraire mène l'enquête* (et piccolo n° 35)
Carolyn G. Hart, *Libraire cherche fantôme*
Lauren Henderson, *Y en a marre des blondes*
Lauren Henderson, *L'Indispensable Petite Robe noire*
Lauren Henderson, *Tatouage à la fraise*
Lauren Henderson, *Déchaînée*
Lauren Henderson, *Pretty Boy*
John McLaren, *Taxis noirs*
John McLaren, *Cartel en tête*
Valerio Manfredi, *Palladion* (et piccolo n° 49)
Thierry Maugenest, *Audimat circus*
Thierry Maugenest, *Venise.net* (et piccolo n° 31)
Thierry Maugenest, *La Poudre des rois*
Thierry Maugenest, *Manuscrit ms 408 Voynich* (et piccolo n° 54)
Naïri Nahapétian, *Qui a tué l'ayatollah Kanuni ?* (et piccolo n° 72)
Rebecca Pawell, *Madrid à mort* (et piccolo n° 40)
Michelle Spring, *Jeu de main, jeu de vilain*
Michelle Spring, *Nous n'irons plus au bal*
Qiu Xiaolong, *Les Courants fourbes du lac Tai*

Qiu Xiaolong, *La Danseuse de Mao*
Qiu Xiaolong, *De soie et de sang*
Qiu Xiaolong, *Le Très Corruptible Mandarin*
Qiu Xiaolong, *Encres de Chine*
Qiu Xiaolong, *Visa pour Shanghai*
Qiu Xiaolong, *Mort d'une héroïne rouge*
Olen Steinhauer, *L'Issue*
Olen Steinhauer, *Le Touriste*
Olen Steinhauer, *La Variante Istanbul*
Olen Steinhauer, *Cher camarade*
Olen Steinhauer, *36, boulevard Yalta*
Olen Steinhauer, *Niet camarade*
Andrew Taylor, *Minuscule Caroline*
Andrew Taylor, *La Monnaie de sa pièce*
Anne-Laure Thiéblemont, *La Mouche d'Alexandrie*
Anne-Laure Thiéblemont, *Le Collectionneur* (et piccolo n° 59)
Mary Willis Walker, *Glacée jusqu'au zoo* (et piccolo n° 23)
Margaret Yorke, *Trouvez-moi un coupable* (et piccolo n° 29)
Margaret Yorke, *Pudding mortel*
Margaret Yorke, *Vieilles Dames en péril*
Margaret Yorke, *Meurtres en neige*
Margaret Yorke, *Le Disparu du Perséphone*
Margaret Yorke, *Emily Frost est revenue*

Achevé d'imprimer en janvier 2011
dans les ateliers de Normandie Roto Impression s.a.s.
N° d'édition : 409
1ère réimpression
N° d'impression : 110126
Dépôt légal : janvier 2011

Imprimé en France